料理大好き令嬢は
冷酷無愛想公爵様の笑顔が見たいので、
おいしいものをいっぱい提供します

CHARACTERS
登場人物紹介
シャイン＝スコーピン
スコーピン伯爵家の令嬢。料理をすることが大好きで、いつか父親の店の支店の料理長をしたいと夢見ている。明るく素直な性格。
エムルハルト＝クノロス
冷徹で無愛想と噂される公爵。シャインにとある話を持ちかけて——？

トム
シャインの幼馴染でリゼの夫。
使用人としてクノロス公爵家で
働いている。
ゼガル
クノロス公爵家の執事。
エムルハルトに長い間仕えており、
いつも優しく微笑んでいる。
リゼ
シャインの幼馴染で
トムの妻。庭師として
クノロス公爵家で働いている。
スコーピン伯爵
シャインの父親。
平民に人気のある料理店を
経営している。
ソルド＝ゾイレ
シャインの幼馴染で元婚約者。
幼い頃は優しい性格をしていたが、
ある日を境に傲慢になり――？

第一章

「シャインよ、俺たちの関係は終わりにしたい。婚約解消を宣言する」

「えっ？　本当に良いの!?」

私――シャイン＝スコーピン十六歳は、あまりにも衝撃的なことを言われて驚きをあらわにした。

幼馴染《おさななじみ》である婚約者、ソルド＝ゾイレは私の様子を見てゲラゲラとあざ笑い、勝ち誇るような表情をしている。

「俺たちは貴族なのに、シャインは料理にばかり夢中ではないか。そんなもの使用人に任せれば良いことだし、シャインがする必要などない。それをいつまでも理解できないようなバカは、俺の婚約者にふさわしくない」

私たちが住んでいるパティッシェ王国は、王制の元、貴族たちが領地を管理している。

かつては、身分の差からくる貴族と平民の対立も問題になっていたが、今では貴族と平民の関係性も良好なものになってきた。そのため、ここ数十年の間に、貴族でも平民と同様の仕事をする機会が増えてきている。

お父様は伯爵の地位を賜《たまわ》っており、その責務として領地の管理をしているが、それとは別に平民に向けた料理を提供する店も経営している。それもただ人を雇うだけでなく、自ら料理人として腕を振るっているのだ。

つまり、ソルドの言葉はお父様のこともバカ呼ばわりしているようで嫌だった。

私もお父様の料理が大好きで、いつか同じくらいのものを作れるようになって、食べてくれた人を喜ばせたいという思いがある。その思いを胸に、料理を楽しみながら日々研究をしてきた。

そのことはもちろんソルドも知っているし、最初は応援してくれていたのだけれど……

「料理は私にとって命のようなものだから、辞めることはできないって言ってきたよね。ソルドに会う時間は削っていなかったし、婚約者としての務めは果たしていたと思うんだけど、それでも料理を理由に婚約を解消するつもり？」

「俺の立場を考えてくれ。料理人も雇わずに子爵を名乗れるかよ。それに……どうせ大したものも作れないんだろ？」

「う……」

料理に関しては、侮辱《ぶじょく》されたくない。でも、ソルドの言うとおり私の実力はまだまだだ。

それでも少しずつ腕を磨いて、ソルドに食べてもらおうと何度も料理を作って届けたのだが、『ぬるいものなど食べられるか』と、その場で捨てられてしまう始末。

どうやってソルドを納得させれば良いのかわからないままだった。

「はっはっは、そんなに強がらなくて良いさ。本当は俺にこんなことを言われ、泣きたいのを堪えているんだろ？」

ある。失礼ながら婚約解消宣言に関しては、嬉し過ぎて涙が出そうだった。そんなことを言ってしまえば、ソルドのプライドを傷つけるだろうし、これ以上なにも言わない。

「そんなことは……」

「婚約を解消することは、ソルドのお父様は知っているの？」

「報告する必要はない。なぜならば、父上の所有する領地の一部を引き継ぐため、既に爵位も正式に引き継いだのだからな」

「それって……」

　またソルドの勘違いが始まったようだ。たしかにソルドの父親は、もうすぐ結婚を控えているから爵位をソルドに継承しても良いだろうと言っていた。

　でもそれは、私たちが結婚することが前提にある話だとも言っていたのだ。ここで結婚がなくなったら、ソルド自身が大変なことになるだろう。

「父上はすでに引退した。子爵位を継いだ今の俺ならば、わざわざ好きでもないシャインと結婚せずとも、その辺の可愛い令嬢が近寄ってくるだろうからな。俺はモテ期を満喫《まんきつ》してから結婚したいのだよ」

　どこからそのような自信が湧いてくるのか。

　ソルドは気がついていないかもしれないが、彼の評判は最悪である。私も知り合いから、『婚約は考え直したほうが良い』と何度も言われてきたものだ。散々嫌味を言われ続けているから助ける義理なんてないかもしれないけれど、念のためにこれだけは確認をしておく。

「はぁ……。私は婚約を解消しても構わないけど、せめてお父様と相談してから決めたらどう？」

私の場合、結婚相手は好きにして構わないと両親から言われていた。これも貴族と平民の距離が近づいて、いろいろと自由になってきたからだろう。

小さいころのソルドは純粋無垢《じゅんすいむく》で、明るく非の打ちどころもない少年で将来が期待されていた。

そんなソルドと私は生まれた時からの幼馴染《おさななじみ》で、小さいころはとても仲が良かった。

私も昔のソルドとは一緒にいて居心地が良かったし、楽しかった。あくまで小さいころの話で、恋という感覚ではなかったと思う。でも、将来彼と結婚するのだと受け入れていたのだ。

だが、いつだったかは明確に覚えていないが、ソルドは別人のように変わってしまった。今では女たらしの金の亡者である。妙に自信満々な態度と身勝手な行動で、私はウンザリしている。何度も昔のソルドに戻って欲しいと色々と言ってみたり注意したりしてみたりしたが、無駄だった。

挙句の果てに料理のこともお父様のこともバカにされて、さすがに限界。

つまり、この婚約解消はむしろ好都合だった。それでも婚約解消したと知ったときのソルドの父親の顔を想像したら、自分からは別れようと言えなかっただけ。

「俺に離れないでくれと訴えてももう遅い。シャインは、婚約者として俺が何度身体を求めてもかたくなに拒否してきただろう」

「結婚するまでは当然のことだと思うのだけれど……」

「シャインのそういうところが俺にはダメなんだ。もっと自由に楽しく生きれば良いんだよ。今の貴族社会がそうだろ？　平民のように自由に恋愛することも認められてるんだから」

はぁ。都合の良い部分だけは自由になった貴族社会を使うのね。

しばらくソルドが持論を展開した。もちろん、私の話はまったく聞いてくれない。これも彼を嫌ってしまう要因のひとつでもある。

「と、いうわけだ。シャインは俺がいなくなって大変かもしれないが、まぁ元気にやってくれ。幼馴染《おさななじみ》として応援はしてあげよう」

「はぁ、じゃあもう婚約解消は確定なのね？」

「当然だ。本来はシャインの怠慢《たいまん》を理由にした婚約破棄《はき》で慰謝料をと思っていたが、幼馴染《おさななじみ》の縁で許してやろうという俺の優しさだ。感謝しろよ。ところで、用件も済んだしそろそろ帰ってくれないか？」

ソルドは私を無理やり呼び出しておきながら、用件が済んだら今度は帰れの一点張り。彼とは生まれた場所も誕生日も一緒で、おまけに家が隣同士の腐れ縁。

だが、その関係も婚約解消となればもう終わりと考えて良いだろう。私は、長くのしかかっていた重荷から解放された気分で、足取りが軽かった。ひとまずはお父様たちに早急に報告しなければ。

私は一人微笑みながら、お父様が運営している料理店に向かった。

◇

お父様は王都から少し離れた小さな領地を管理しながら、こじんまりとしたオシャレな雰囲気の料理店を趣味で経営している。

趣味とは言っても料理に対しては常に真剣で、その評判も良い。私もお父様に憧れて料理を習うようになったのだ。将来、支店を作って料理長になりたいという夢もある。

さて、お父様のお店は開店当初は貴族の気まぐれと遠巻きにされたこともあるようだが、口コミで評判が広がり今では料理で大人気。常に満席状態である。

今日も満席で、しかも、いつも接客対応をしている従業員がいないようでとても忙しそうだ。報告している余裕などないため、すぐにお父様がいる厨房《ちゅうぼう》へ向かった。

「おー、シャインか。今日も手伝ってくれるのか？」

「もちろんです」

「助かる。盛りつけを頼む」

私は、食事は味覚嗅覚だけでなく、視覚からも楽しむべきではないかと思っていた。お父様もその点は認めてくれて、私がこの店で手伝う時は盛りつけを担当することが多い。

サラダや前菜《ぜんさい》の盛り合わせを、綺麗に盛りつけていく。

「お待たせしました。前菜《ぜんさい》の盛り合わせです」

「「「おぉぉぉぉおおおおっ！」」」

お客さんたちが一斉に歓声をあげながら拍手をしてくれる。

毎度のことだけれど、大袈裟だよ……

「シャイン様のお出ましだ！」

「いや〜いつ見ても可愛いし、シャインちゃんがいるとさらにおいしく感じるんだよなぁ〜」

「じゃあ、俺は裏メニューのシャインスペシャルをオーダーしようかな」

お客さんたちは、私のやる気スイッチをさらに上げてくれる。彼らがいつもおいしいと言ってくれるから、より満足してもらうためにはどうしたら良いのか考えられる。

「スペシャルは今から作るので、それなりに時間はかかりますからね」

「問題ないよ。なんなら朝までだって待つさ。そんくらい、シャインちゃんの料理は格別だ」

「またまたお世辞を……」

常連さんたちは私のことをやたらと可愛がってくれる。お父様の店で働いている間は、皆さん私のことを貴族令嬢としてではなく、一人の従業員として見て対等に接してくれる。気が楽だし、会話をしていて楽しい。

しかも、私が用意した試作料理を気に入って、毎回注文してくれるのだ。勝手にシャインスペシャルと命名されたことに関しては恥ずかしいと思っているが。

盛りつけをしながら、同時進行でシャインスペシャルも調理していく。毎回余った食材で作るから、なにを出すかは決まっていない。

今日はトマトとだし汁が余っているから、トマトのスープでも作ろうかな。

あぁ、この時間が幸せ！

食べものの恵みに感謝しながら野菜や果実の香りを堪能。癒される〜！

しばらく煮込んだあと、出来上がったトマトスープを提供した。

「煮込み時間が短かったので、しっかりと旨味が浸透していません。酸味も残っていますが、それもバランスよく仕上がっていると思います」

私は常連さんたちに、毎回正直に報告してから料理を提供するようにしている。料理に関してはまだまだ見習いの身分でありながら、シャインスペシャルに代金を支払ってもらっているのだ。もちろん、手抜きをしているわけではないが、きちんと説明する必要があると思う。

「これだけの味で文句などあるわけないですよ」

「マスターには悪いが、料理の腕は娘に抜かされたんじゃね？」

「おいおい、マスターは国王陛下の舌をも魅了させた一流料理人でもあるんだぞ？　だが確かに、シャインちゃんのこのスープも負けずとうまい……」

「はは……私なんてまだまだ半人前です。これからも精進しますね」

優しいお客さんたちと会話するのもまた私の癒し。

だが、今日は店が普段よりも混んできた。さすがにのんびり常連さんと喋っている状況ではないため、厨房《ちゅうぼう》に戻ってせっせと作業をこなした。

◇

いつの間にか日も暮れ、店じまいの時間になった。

「あー、楽しかった」

「シャインが手伝ってくれたおかげで助かった。いつもすまんな」

「そんな！　これからもお父様を見習って料理の腕を上げていきたいと思っています」

「……お前は自分の実力を理解したほうが良いかもしれないな」

「へ？」

「それより、なにか話があって来たんじゃないのか？」

「あ、すっかり忘れていました」

料理をしている間はとにかく楽しい。さっきソルドに言われたことすら忘れてしまうほどである。お父様、ドジな私を見ながら呆れないでね。さて、ここからは真面目に話さなければ。

「実は……」

ソルドに言われたことを、全てお父様に報告した。婚約解消になったということは遅かれ早かれ広まってしまうだろう。それだけで貴族として家名に傷がつく。もう貴族家からの新たな縁談はないと思って良いだろう。

いくら貴族社会が自由になってきたとはいえ、貴族令嬢がその務めを果たさないのは問題だ。それに、ソルドとの縁談がダメになったのも、私が料理に夢中になりすぎたことが原因。女癖が悪くなったのも、私がかたくなに身体を許そうとしなかったからかもしれない。

私は深く謝罪をし、頭を下げた。

「婚約解消になったのか。むしろ好都合だ」

「しかしお父様に……いえ、スコーピン伯爵家の名に傷をつけてしまったのですよ」

「それは相手にもよるだろう。とにかくソルドの評判は酷いものだった。そもそも、シャインの気持ちを確かめたうえで、私から婚約を解消するために動くつもりでいたくらいだ」

お父様の優しい言葉を聞き、幾分か心が救われたような気がする。

本当は婚約解消だって、全力を出せば阻止することができた。そう、家の名誉を思い貴族令嬢としての務めを果たすことを思えば、ソルドを全力で説得することが一番正しい道だった。

だが、そうしてソルドと結婚したあとは、地獄のような生活が待っていただろう。

ソルドは私が趣味で料理をすることにも嫌な顔をしていたし、その辺りですでに馬が合わない。

私は、結婚してからも仕事として料理をしていきたかった。貴族令嬢としての責務よりも、自分の夢を優先してしまったのだ。

「お父様に婚約相手を決めていただいたほうが良かったのかもしれませんね……」

「そんなことはない。それにソルドとの婚約は半ば強引なものだったが、私も昔の彼ならば良いと思っていた。少し裕福になったからと言ってここまで変貌するとはな……」

お父様とソルドの父親とは昔は深いつき合いがあったが、ここ最近はご無沙汰《ぶさた》だ。いつしか彼らはお金の周りが良くなったようで、それからというもの別人のように変わってしまったのだ。

今ではお父様はソルドのことをよく思っていないし、彼の父親すら警戒している気がする。

昔のことばかり思い出すと悲しくなってくる。

料理店は、しばらく静まり返った重い空気に包まれた。

「ところで、さきほど私が縁談相手を決めたほうが良かったなどと言っていたな？」

「はい。伯爵家の娘としてせめてもの償いをしたいです。あ……でも料理だけは認めてくださるお相手で……」

「はっはっは。そこだけは譲れないのだな」

お父様は嬉しそうな表情をしていた。

「実は以前、シャインと話をしたいと言ってきた男がいるのだよ……あまり勧めはしないが、一度会ってみても良いかもしれないな」

「縁談ということですか？」

「いや、そうではない。だが二人で話したいとのことで、シャインには婚約者がいるからと保留にしておいたのだ。相手も相手だしな……」

「どなたですか？」

「エムルハルト＝クノロス公爵様だ……」

お父様は言い淀みながらその名前を告げた。なぜ躊躇っていたのかはすぐに理解できた。

クノロス公爵様と言えば、何年か前に両親を亡くし、若くして公爵を継承されたお方だ。王家に連なる血筋で見目麗しく、貴族令嬢からの人気も高い。

だが、最近はすっかり社交場から姿を消して、冷徹《れいてつ》な発言と人を避けるような行動が目立つとの噂だ。お近づきになろうとして、泣かされた女性は数知れず。

裏では、『冷酷無愛想公爵様』と囁かれるほどである。

そんな公爵様が私にいったいなんの用があるのだろう。ちょっと恐いけれど、話によっては伯爵家に益をもたらすかもしれない。

覚悟を決めよう。一度もお会いしたことはなかったし、会ってみようと思う。

ある意味、ソルドのおかげで大抵のことならば我慢できるようになった。万が一公爵様から暴言を吐かれたとしても、よほどのことがない限り傷つくことはない。よしっ、決まった！

「わかりました。クノロス公爵様と会ってみようと思います」

「そんなにあっさりと……、シャインが心配だし、私としては上手く断りの連絡をしても良いのだが」

「女性に対して冷たいとは聞いたことがありますが、暴行をするような方ではないでしょう。酷いことを言われたとしても問題ありませんよ」

「そうか……だが、決して無理はしないように。とんでもないことを言われたり、嫌なことをされたりしたら立場など気にせず逃げるのだぞ」

「もしものときは、自前のフライパンでやっつけますね」

「十六年育ててきだが、冗談か本気なのかわからん」

私は大丈夫だから心配しないでくださいという意味合いも含めて、冗談まじりで場の空気を和ませた。なお、実際にフライパンは持っていかないし、公爵様に手をあげるような度胸なんてない。

そんな話をした五日後、あっという間にクノロス公爵様から手紙の返事が届いた。『すぐにでも話をしたい、いつでも構わないから来てもらいたい』とのことだった。

どうやら急ぎのようだし、手紙を確認した当日に公爵邸へ向かうことにした。

「では行ってきます」

「無理はしないようにな」

馬車に乗り、王都中央付近にあるクノロス公爵邸へ向かった。

◇

クノロス公爵様の亡き父上は、現在の国王陛下の弟にあたる。

つまりクノロス公爵様は国王陛下の甥で、王家に連なる方だ。そんな立場の方とお会いするにあたって、身《み》嗜《だしな》みは最大限整えている。

実のところ今になってビクビクしてきた。伯爵家といえどもただの一令嬢で、身分の高い方と会う機会はそう多くはない。なによりも、クノロス公爵様の噂は恐ろしいものだらけなのだ。

公爵邸の大きな門に到着したころにはとんでもない緊張が走り、心臓の鼓動がエグい。大丈夫よ私。いざとなったらダッシュで逃げるんだから！

よし、覚悟は決まった。

公爵邸の入り口にいる門番にクノロス公爵様の手紙と一緒に送られてきた招待状を見せたら、あっさりと通してくれた。

公爵邸の敷地に入るのは、もちろん初めてである。庭園や花壇《かだん》はどういうわけか枯れているものが多く、萎れてそのまま放置されている状態だ。庭は放置状態なのかもしれない。

しかし、奥にある巨大な建物を見て圧倒される。あらためて、ものすごい人から対談を求められているのだなと思う。

手土産としてシャインスペシャルを用意していたけれど、むしろ失礼だったかもしれない。

スコーピン家の十倍以上ありそうな屋敷の前に到着し、馬車を降りた。屋敷の入り口前には執事と思われる方がひとり、出迎えてくれていた。

「お待ちしておりました、シャイン様。応接室へご案内いたします」

「お招きいただきありがとうございます。突然の訪問になってしまい申しわけございません」

「いえいえ、むしろ早く来てくださったことに大変お喜びになっておられましたよ。さあ中へどうぞ」

「そうですか……」

喜ぶ……？　クノロス公爵様が……？　冷酷無愛想って噂なのに、なんだか怪しくなってきた。

むしろ噂だけで、実は違うのではないかという期待もしてしまう。

どのようなお方なのか少しだけ楽しみにしながら屋敷へ入った。

◇

執事さんの案内で応接室へ入ると、テーブルの上には飲み物とお菓子が用意されていた。

ところで屋敷に入ってから誰一人として見かけていない。他の使用人たちはどちらへ？

「こちらで座りお待ちください。まもなく来るかと」

「はい、失礼します」

しばらく応接室で待っていると……

「待たせてすまない。俺がエムルハルト＝クノロスだ」

年齢は私よりも少しだけ上くらいか。スラリとした体型で高身長。青みがかった少し長めの髪、芸術作品かと言うほど整った顔立ち。噂以上のイケメン公爵様である。

ただ、どことなく顔色は悪そうだった。

私はすぐに立ち上がり深くお辞儀をする。

「ご招待いただきありがとうございます。シャイン＝スコーピンと申します。私の父は料理店を営んでいて、私も手伝っているのですが……これはご挨拶にと作ったものです」

言葉は冷静に。けれども緊張は最高潮。内心ビクビクのガクガクで震えている。必死に震えを堪えてひとまず手土産を執事さんへ渡した。直接手渡しは色々と問題があるからと思ったのだけど、執事さんはそのままクノロス公爵様に渡してしまう。

そしてクノロス公爵様は興味深そうにシャインスペシャルを眺めている。

トマトとモツァレラチーズのオリーブオイルソース乗せ。

焼いてサクサクにした無糖ラスクにレバーペーストを乗せたもの。

キャベツにクミンとレモン汁とお酢などを混ぜ合わせたキャベツのクミン風味。

今日のシャインスペシャルはおつまみ的なものを詰め合わせにしてきた。

「ひとまず座ってくれ。これはキミが作ったのか？」

「はい。お口に合えば良いのですが」

公爵様の立場を考えると、毒見役を置くことは安全上あたりまえだろう。

しかし驚くべきことに、クノロス公爵様は毒見役を通さずにいきなりムシャムシャと食べはじめてしまったのだ。

「……うまい！」

クノロス公爵様のひとことは、私にとっては嬉しかった。

それと同時に彼のことが心配になってしまう。

「毒見役など通さずに良いのですか？」

私は思ったことをそのまま口にした。初対面だし、公爵という立場なのだから、私のことをもっと警戒しても良いはずだ。

だがクノロス公爵様は、私の真剣な表情を見ても顔色一つ変えず告げた。

「キミが作ったのだろう？　ならば大丈夫だ」

「しかし、念のためにも……」

「ん？　なにか問題でもあるのか？」

「い、いえ。もちろん変なものなどは入れていませんが、警戒はしないのですか？」

「……そんなもの、必要ないだろ」

目が真剣だった。

もちろん食事になにかを入れるような、そんな卑劣《ひれつ》なことはしないし、殺意なども当然ない。

だが公爵ともなれば立場上、命を狙われていてもおかしくない。もっと警戒してほしいと余計な心配が出てしまった。

「言っておくが、キミが相手だからそのまま食べただけだ。普段から警戒なしでいるわけではない。むしろ警戒しかしていない」

私の心を読まれているかのようだった。もしくは私の顔に心配ですといった気持ちが出ていたのかもしれない。

「失礼ながら、私とは初対面ですよね……？」

「話すのは初めてだ。だが、俺はキミのことをずいぶん前から知っている」

「え？」

「だから警戒するつもりはない」

ここ数年、お父様からよく言われていたことがある。

『なにか食べる際は、銀のスプーンを使って毒が入っていないか確認するのだ』と。実際にお父様のお店では、全て銀製のスプーンやフォーク、ナイフが用意されているくらいの徹底ぶりだ。

それくらい、貴族として口に入れるものを警戒するのはあたりまえのことだった。

しかし、クノロス公爵様はなんの躊躇もせずに、手掴みで食べてくれた。料理人として信頼されているようで、これは素直に嬉しかった。

「ところで、どこで私のことを？」

「……うまい」

クノロス公爵様は、私の質問を聞く暇がないほど夢中になって食べていた。これも嬉しいことである。細かいことに関しては、またあとで聞くことにしよう。

「さすが、国宝級クラスの料理人でもあるスコーピン伯爵の娘だ。キミの婚約者が羨ましい。こんなにもおいしいものを毎日食べられるなんてな」

冷酷無愛想と噂されている人の発言とは思えない。

いつの間にか恐怖という感覚は私の中から消えていた。

「いえ。料理は使用人に任せれば済むのだからと、元婚約相手の命令で彼の前では一切料理をさせてもらえませんでした。だから彼は私の料理を食べたことはなかったんです」

「もったいない。……ん？　もと？」

「はい。つい最近、婚約解消になりましたので……」

一瞬だけ、クノロス公爵様がフッと苦笑いをした。

「そうか。さすがにあの男に嫌気がさしたのだな」

「いえ、婚約解消を宣言してきたのは相手です」

「は!?」

うわ、びっくりした。クノロス公爵様がとんでもなく驚き、広い部屋の中に響き渡るほど大きな声を発していた。

「あの男に婚約者がいただけでも奇跡だというのに、まさか自ら婚約を断ち切るとは」

そう言ってからというもの、気のせいかもしれないがクノロス公爵様はやたらと私の顔を見てきている……

「ところで、私を招待してくださった理由をお聞きしてもよろしいでしょうか？」

「そうだったな……」

それだけ言ってしばらく無言が続いた。私が婚約解消されたことを話してから、明らかに様子がおかしい。

「大丈夫ですか……？」

「ダメかもしれんな」

「はい!?」

「いや、こちらの話だ。実はキミを招待したのは、スコーピン伯爵が趣味でやっている料理店のことについて話したかったからなんだ。だが……」

まさかではないが、貴族らしく領地の管理に集中して、店を畳めとか言われてしまうのではないだろうか。お父様は領地の管理を徹底しているうえであの店をやっている。その辺は国王陛下も認めてくださっているし、大丈夫だとは思う。

それでも、良からぬことを言われてしまうのではないかと考えてしまった。

もしも噂どおりの冷酷無愛想なお方だとしたら……

「話を聞く限りでは、キミには現在婚約者がいない、そういうことだな？」

「はい」

「ならば予定を変える。キミがよければの話だが」

「はい……」

再び無言が続き、私の心拍数は緊張によって暴れている。

恐いから、言いたいことは早く言ってください！

「しばらく公爵邸で、住み込みで料理長をやってもらえないだろうか？」

「へっ？　料理長ですか!?」

そう言われた瞬間、別の意味でドキドキしてきた。今度は嬉しい緊張感である。ワクワクが止まらなくなってしまい、ウキウキしながらクノロス公爵様に聞き返してしまった。

「……急に目つきが変わったな」

「それはもう、料理関係のお仕事をいただけるとは考えていませんでした」

私の夢であるお父様のお店の支店を作るためには、何年も修行が必要で、すぐにできることではない。しかも、公爵邸で料理長をしていたという肩書きは、世間の信用にも大きく関わってくる。

だが、一度冷静になろう。私は料理のことになると、歯止めが利かなくなってしまうから。

「少々考えてもよろしいでしょうか」

「もちろんだ」

公爵邸で住み込みということは、未婚の男性とひとつ屋根の下に住むということである。

貴族令嬢が未婚の男性の家で居候《いそうろう》……これは主に私に対して世間の、特に貴族からの目が厳しくなる可能性が高い。

……うん。問題なし！　すでに婚約解消された私個人への評価はボロボロだろうし、この先縁談の話がくるとは思えない。

それに、これはお父様に対して挽回できるチャンスだ。たとえ恐い噂があったとしても、王家に連なるクノロス公爵家との繋がりを持つことは、貴族的なメリットが大きい。

おまけに仕事として料理を作ることができる環境になるのだから、将来的にも大きな経験値になる。公爵邸で働いていた料理人がお父様の店で働いているとなれば、それはお父様の店への評価へも繋がる。

考えれば考えるほど、私の目はギラギラと輝いていた気がする。

クノロス公爵様は相変わらずの無表情でじっと私を見ていた。

「焦ることはない。一度、両親とも相談したうえで決めてくれ」

「ありがとうございます」

クノロス公爵様の悪評はどこへやら。少々言葉遣いが荒いとは思ったが、今のところ噂で聞くような『冷酷』というイメージは全くない。

だが、まだ仕える前の段階だから、敢えて優しく振る舞ってくださっている可能性はある。

とはいえ、料理長として働けるワクワクのほうが先行しているため、あまり気にしてはいなかった。お父様たちもきっと了承してくださるだろう。

楽しみになってきた！

◇

「あらためまして、本日よりお世話になります、シャイン＝スコーピンです」

「……昨日の今日で来る奴があるか」

「お父様たちの了承も得ましたし、もう楽しみで楽しみで……」

昨日、私は帰ってからすぐにお父様たちに報告し、どうにか許可をいただいた。

実のところ、最初は反対されていた。だが、私が料理関係のことになると歯止めが利かなくなることはお父様が一番理解していた。『今までの経験をぶつけてこい。ただし危険になったら即逃げるのだ』と言われたことは黙っておこう。

ところで今日は執事さんがいないらしく、出迎えてくれたのがクノロス公爵様である。

昨日も疑問だったのだが、他の使用人たちはどこへ？

昨日と同様、相変わらずクノロス公爵様の顔色が悪そうだ。

「……ふ、新米料理長は面白い奴だ。現在キミ一人しかいないが、他に人手が必要であれば、配属などは全て任せようと思っている」

「私一人だけですか？　失礼な発言かもしれませんが、公爵邸ですし何人か料理人がいるものかと思っていました」

「できることは自分でやりたい主義なのだ。だが、さすがに仕事が増えてきて、屋敷の管理に時間を割けなくなってしまってな」

噂で聞くような話がチラホラと出てきた。クノロス公爵様は人と関わるのを極端に避けていて、専属使用人やつき人を拒絶しているお方だと聞いたことがある。

だんだんとクノロス公爵様がどんな人か理解してきた。

「もしかして、執事さん以外にこの屋敷で働いている人は……」

「雇っているのは交代制の門番三人と、住み込みで働いている執事のゼガルだけだ。なお、門番は屋敷内への立ち入りを禁止としている」

「へ……？」

「なにを驚いている？」

「この大きさの屋敷で、使用人が執事だけなことにビックリしてしまいました」

「ゼガルには悪いとは思っているし、門番にもすまないとは思っているが、仕方のないことだ」

これはあまり聞くと失礼になりそうだったから、ここまでにしておく。あくまで私は料理長として働くのだから。

とはいっても、誰もいない状態でスタートというのは、私にとってはむしろ好都合でもある。変にプライドの高い先人がいたら、色々と厄介だったし。きっと私みたいな貴族令嬢が料理長だなんて認めない人もいるだろうからね。

「ひとまず、専属として働いてもらうわけだ。キミの部屋へ案内しよう」

「クノロス公爵様が自ら案内してくださるのですか？」

「あぁ。両親が亡くなってからは、この屋敷にはゼガルと俺の二人以外は門番含め決して入れない。ゼガルが不在のときは俺が動く」

どうして、公爵ともあろう方の屋敷なのに、雇い人が少ないのだろう。いくら人と関わりたくないとはいえ、大変だろうに。

クノロス公爵様の噂となにか関係があるのだろうか。

◇

「この部屋を……私が!?」

「部屋は余っているからな。気に入らなければ別のところでも良いが」

「いいえ、とんでもございません！　むしろ、こんな豪華な部屋を私などが使ってしまってよろしいのですか？」

高い天井にはシャンデリアがぶら下がっている。奥には綺麗なカーテンつきのベッドが置かれ、部屋の中にさらに小さく区切られた、用を足す場所と風呂場まで設置されているのだ。テーブルと椅子も揃っているし、お父様の個室よりも待遇《たいぐう》が良い。

私が尋ねると、クノロス公爵様はまぶたを一瞬細め、不機嫌そうな表情へと変わってしまった。

「私などと言わないでほしいものだな。キミは俺が雇った料理長なのだぞ。過小評価は控えてもらいたい」

「も、申しわけございません」

「キミに住み込みで働いてもらうには、この部屋でちょうど良いくらいかと俺は思っている」

「ありがとうございます。では、遠慮なく使わせていただこうかと」

これ以上機嫌を損ねてしまうのはまずい気がした。

ここは素直に従い、ありがたくこの部屋を使おう。贅沢すぎる待遇《たいぐう》を受けるのだから、料理もとんでもない量を作ることになるのかな。それでも全身全霊頑張るつもりだから問題はない。

「住むにあたり、なにか足りないものがあればゼガルに言ってくれ。可能なものは用意させる」

「こんなにいたれりつくせり……」

「なにか問題でも？」

「あ、いえいえ！　とんでもございません！」

クノロス公爵様を怒らせたら恐そう。彼の言うことには反論や疑問は持たず、なるべく従うことにしよう。

と、思っていたが、さっそく信じられないことを言いだしたのだ。

「給金に関しては、ひとまず先払いで年内の分は支払わせてもらう。昨日のうちにすでに用意しておいたから受け取ってくれ」

「先払いですか!?」

「あぁ、そうだ。万が一の話ではあるが、途中で嫌になって逃げ出したとしても、給金を返せとは言わない。そのときは、あくまで俺の見る目がなかったと反省するだけだ」

なにをどうやったらいきなり、こんなに多大な信頼を得られるのか、私には良くはわからなかった。

だが、今の私にとって給金を先にいただけるのは非常に助かる。

ソルドとの関わりの中で、彼の尻拭いをしたり支払いを押しつけられたりして出費が重なっていた。私の所持金はほとんどなかったのだ。

巾着《きんちゃく》袋を受け取り中身を確認すると、金貨が四十枚、銀貨が百枚入っていた。買い物するときは主に銀貨以下の貨幣《かへい》が主流だから、敢えて両替してくださったのだろう。

ところで……

「あの……ひとつ聞いてもよろしいでしょうか？」

「なんだ？」

「この契約は生涯契約ですか？」

「いや、辞めたいときに辞めれば良い。給金は年に一度の支払いだが」

いろいろとおかしい。反論や疑問は申し出ないと自分自身に誓ったが、さっそく誓いは裏切られた。

「今年は、残り百日程度だと思いますが……」

「そんなあたりまえのことを俺に聞くのか？」

「いえ、そうではなくて、百日程度の働きでこの給金は多すぎではありませんか？」

貴族界の年俸《ねんぽう》は平均で金貨五十枚と言われている。住み込みで働くとはいえ、百日程度でこの金額だとしたら、年俸《ねんぽう》だと金貨二百枚近くにまでなってしまう。

なお、お父様の貴族としての任務は領地の管理で、貴族界隈でも優秀な働きを評価されていている。それでも年俸《ねんぽう》金貨二百枚近くだ。

「そうだな、たしか父上がいたときにいた料理長の年俸《ねんぽう》は金貨三十枚だと言っていた。住み込みではなかったがな」

「やはり、私はもらいすぎでは……」

「あんな過去の料理長のようなヤツとキミを同じにしたくなどない！」

クノロス公爵様は、さきほどよりもさらにうんと強い口調で怒鳴る。

私は思わず圧倒されてしまい動けなかった。

「すまない。だが、この額で良いと思っている。ゼガルにも相談したうえでの決定事項だ」

「で……ではありがたく受け取らせていただきます。一生懸命頑張りますので、よろしくお願いいたします」

「あぁ」

クノロス公爵様は、どうしてこんなにも怒ってしまったのだろうか。まずは、彼を怒らせてしまいそうなポイントがどこなのかを分析しないといけないかもしれない。

「では仕事内容について俺から話そう」

「はい！」

本当にお金をもらいすぎなんじゃないかと改めて思う。

というのも、私はクノロス公爵様とゼガルさんと私の分の食事を用意すれば良いだけらしい。私の分って……雇い主と同じ料理を食べたらダメでしょう。

と異論はせずに大人しく従うことにした。

外の門番の食事は、自分たちで持ってくるという契約になっているから不要らしい。

私に与えられた部屋に関しては、掃除など含め自己管理することとなった。時間が空いているようならば、ゼガルさんの手伝いをしていれば良いそうだ。

しかも、ゼガルさんの手伝い代は別途支給するなどと言われてしまった。

さすがに待遇《たいぐう》が良すぎだよ……。だが、これ以上給金に関してクノロス公爵様に聞くことは恐れ多くてできない。ある意味、私の責任は超重大な気がしてきた。

料理で幻滅されてしまったら、大変なことになる気がする。三人分の食事を三食を作るだけなのだし、私一人でしっかりとしたものを作ろう。そう決めた。

「……では、今日の夜食から頼む」

クノロス公爵様は私の部屋から退室しようとしたが、最後に一つだけ聞きたいことがあったため、声をかけた。

「ところで、苦手な食べ物などはありますか？」

「…………」

後ろ向きのクノロス公爵様からの返事はない。

「あの……」

その瞬間、クノロス公爵様が体勢を崩してよろけてしまった。

すぐに彼のそばに近づき、完全に倒れるのを阻止しようと身体を支えた。思ったよりも軽い。

とは言っても、大人の男性の体重を全て支えることはできず、結局地面に座り込んでしまった。

だが、地面に直撃するのを避けることはできた……と思っておきたい。

「だ、大丈夫ですか⁉」

「心配無用……最近良くあることだ」

「急に倒れるなんて良くあってはいけませんよ！　とにかく、ひとまずベッドへ、休んでください」

「いや、ここはすでにキミの部屋だ。借りるわけにはいかない。俺の部屋は少し先だから」

「もとはと言えばクノロス公爵様の部屋でしょう？　ともかく、ゼガルさんもいないのですから少し休んでください。ちょっとでも近いベッドで！　ひとまず、飲み物を持ってきますから！」

昨日から顔色が悪そうだった。なにか病気でも抱えているのだろうか。心配になってきた。

私の力だけではベッドに連れていくことすら難しい。

ここはクノロス公爵様に頑張ってもらい、私は支え役として体重の一部を預かるだけ。フライパンなどの重たい調理器具を毎日料理で使って自然と筋力は鍛えられていたけれど、私はまだまだ非力だと痛感する。それでもなんとかしてベッドまで運んだ。

今心配していてもなにも解決できないし、こういうときは多分だが、まずは水分！

胃がやられていたとしたら水分投与は逆効果だと聞いたことはあったが、吐き気はなさそうだ。

なかなか横にならないため、半ば強引に寝てもらい、私は大急ぎで水を用意した。

ところで、水汲み場って……どこ？

◇

「はい、ひとまず水を……」

「あぁ、いきなりすまないな……」

クノロス公爵様の身体をゆっくりと起こし、カップに注いだ水を飲んでもらった。

独断で水を飲ませてしまったが、大丈夫かな……ここは医師を呼ぶべきか、王族の人たちに連絡するべきなのか、判断に迷う。

それにカップや水汲み場を探すのにも時間がかかってしまった。用事を終えて公爵邸に帰ってきていたゼガルさんに教えてもらって、やっと辿り着くことができたのだ。

早く公爵邸のことも覚えていかないと。

「いきなり部屋を、特に大事なベッドを汚してしまいすまないな」

「そのようなことは気にしないでください。それよりも、良くあるとおっしゃっていましたよね？倒れやすいのには、なにか理由があるのですか？」

「俺自身の問題だから、キミは気にしなくて良い」

クノロス公爵様は、私の問いかけを相手にしてくれない。雇われの身としては、いや、そうでなかったとしても『はいそうですか、では失礼します』などと返事をしたくはなかった。

彼に対して不満げな表情でアピールした。私の頑固さがついに発揮される。

「気になります！　だって、これから同じ屋根の下で過ごすのですから！」

「お、おい……」

「なにも言ってくださらないなら、あなたの近くの方に、国王陛下であろうとも報告して、すぐにここへ来ていただくよう私は全力で動きますよ！　このまま理由も知らずに、また公爵様が倒れて意識でも失ってしまったら、私は悲しみます！」

はっ、しまった。さすがに言いすぎた！

雇い主に対して言うべきことではなかった。

しかも、感情のままに怒りながら発言してしまった。さらにさらに、無自覚にクノロス公爵様のことをあなた呼びしてしまったような気が……

「申しわけございません。言いすぎました」

「キミはそこまで心配してくれているのか」

「それはあたりまえです！」

クノロス公爵様は、一度私に見えないように顔を隠し、しばらくしてから再びこちらを向いた。顔色は悪いままではあるが、怒っているような表情はしていなかった。

相変わらずの無表情である。

「やはり、キミを雇ったのは間違いではなかったようだ」

「いいえ、私はまだなにもしていませんから」

「ここで働いてもらうにあたって、適性は十分だ。あとはキミの料理を楽しみにしている。安心しろ、食事は少しだが摂れそうだ。それから……」

ほんの少し、顔を赤らめているクノロス公爵様。熱が上がってしまったのかもしれない。

しかし……

「さっきのように、俺のことを今後はやんわりと呼んでくれないか？」

「え？」

「あまり堅苦しくならないでほしい。そのほうが俺としてもしっくりくる」

「は、はい。かしこまりました」

このとき、クノロス公爵様は一瞬だったが、ニコリと微笑んでくれた。

そ、そうか。使用人が少ないのも、本当に信頼できる人だけを雇いたいと思っているからなのかもしれない。なんの確証も持てないけれど、そう思うと、なぜだか私は嬉しくなった。

冷徹《れいてつ》無愛想と噂されていたけれど、私は全くもってそんなことはないと私は思う。怒りっぽいところはあるのかもしれないが、冷酷無愛想ではない！

それほどの説得力がある微笑みだったのだから。

「では、今後は公爵様と」

「それだけか？　名前ではないのか」

「いいえ、さすがに主従関係をおろそかにはできませんよ」

「無理もないか……」

「公爵様は無理しすぎです」

「そういうことではない」

クノロス公爵様がまたしても一瞬微笑んでくれた。冷酷無愛想と言われている中で、私だけが彼の微笑んだ顔を見られるなんて、住み込みの特権のようだ。

嬉しくてニヤニヤが……

「なぜ笑っている？」

「い、いえ。私は料理をしないといけませんね！」

「本当にキミは不思議だな」

念のため、公爵様には食事までの間は休んでもらった。

最初は恐かったけれど、公爵様に興味がわいてきた。これからは、心の中だけはエムルハルト様と呼んでしまおう。なんだか、一気に親しみを持ってしまった。

◇

食料庫に残っている材料と、私が持ってきた食材を駆使《くし》して最初の仕事を終えた。

最初から全力で挑み、完成品をテーブルに並べた。

「なんなのだ、これは？」

「公爵様にご用意したものはウメ粥と言います。ウメというのは、はるか東にある国から仕入れた食材になります」

「ウメ……初めて聞く名だ」

そうだと思う。お父様は世界各国から食材を仕入れて、独自に調理をしている。

ウメは長期保存が可能で、なおかつこのパティッシェ王国では入手困難なため、大変高価な食材だ。私が公爵邸で特別な料理を作る際に使えるようにと、お父様が分けてくれたのである。

まさか初日に使うことになるとは思っていなかったが。

「酸味があり、この国の人々にとっては慣れない味なので、父の店で提供していたときも苦手な方がいました。しかし、私はその酸味がさっぱりとしておいしく感じますし、ウメ粥は体調不良の時に食べると効果的だと父から教わっていたので、本日はこれにしてみました」

「そうか」

実際に今もエムルハルト様の顔色は悪いままだ。せっかくのイケメン顔も半減されているような状況だ。まずは謎の体調不良から回復してもらいたい。その気持ちだけで、いきなり慣れない食べ物を提供してしまったのだ。

果たして、食べてくれるだろうか。もっと馴染みのある料理にするべきだったかな。

エムルハルト様は不思議そうにウメを見ながら、しばらく考えているようだった。

「もしお気に召さないようでしたら、別のものをご用意しますよ」

「いや、キミが一生懸命作ってくれたのだろう。これで良い。いただこう」

エムルハルト様はゆっくりとウメ粥を口にした。ごくりと飲み込んだあと、無表情のままこう言う。

「……うまい」

「ありがとうございます」

そう言ったあと、ゆっくりとではあるがウメ粥を口の中へ次々と入れていった。皿に盛った分は全て食べてくださったのである。

「慣れない味ではあったが、うまかった」

「お気に召したようで良かったです」

「まだ残っているのか？　食べたい」

「はい。残っていますが、今日は倒れたばかりですし、このくらいにして明日にしておいたほうが……」

「ほう？」

しまった。またしても私は余計なおせっかいを……

料理が関わると、相手の身体のことを考えてなんでも口にしてしまう癖がある。

「でしゃばってしまい、大変申しわけ――」

「いや、キミの指示に従おう。明日またもらう」

「は……はぁ」

「ゼガルにはなにを用意したのだ？」

「ゼガルさんには水気が少なめの米と、野菜炒めとスープを用意しました」

「キミの分は？」

「本日の食事の残ったものをいただこうかと」

「なんだと⁉」

エムルハルト様は、またしても怒りの表情に変わってしまった。

命令で三人分作れとは言われている。

だが、こういう場合の私の分というのは、雇い主の余りものだと教えられてきた。

間違ったことはしていないつもりだったのだが……

「キミに残飯処理をさせるつもりはない。明日からは、キミの分もゼガルや俺と同じものを用意しろ。良いな？」

「は……はい！」

エムルハルト様に怒られてしまった。

だが、その声色はソルドのような嫌味満載で理不尽な怒声とはまるで別物だ。むしろ私のことを心配してくださっているような怒りかたのように思えた。

私は、エムルハルト様に感謝の意をこめて深く一礼した。

「それにしても……俺用に別の料理を作るとは」

「それぞれに合った料理を作ったほうがよろしいかと。特に公爵様は病み上がりですから、ゼガルさんと同じものを用意するのは問題かと思いました」

「体調が戻ったら……明日からはゼガルやキミと同じメニューでかまわん」

「同じですか……？」

「あぁ、主従関係はあってないようなものだ。だからメニューも同じにしてくれ」

「承知しました」

「よし」

　エムルハルト様は、そのあとしばらく無言になったが、空になった容器を見ながらため息をついた。

「ところで、ソルド＝ゾイレ子爵と言ったか、キミの元婚約者は」

「はい、そうですが」

「惜しいことをした哀れなヤツだな」

「はい？」

「なんでもない、ただのひとりごとだ」

　エムルハルト様は無表情のまま席を立ち上がり、食堂から退室した。

　このあとはゼガルさんが食事をするから、そのときにでもエムルハルト様のことを聞いてみるとしよう。よくわからないところで怒ったり、なぜか私のことを信頼してくれていたり、まだまだわからないことだらけだ。

◇

「ほほう〜、これはまた素晴らしい味ですな」

ゼガルさんは、私が用意した料理を勢いよく食べていく。彼の年齢は五十過ぎだと言っていた。

しかし、まだまだ若手には負けませぬといわんばかりの豪快な食べっぷりである。執事というよりも、肉体労働を終えた常連のおじ様のようなイメージと重なってしまう。見た目はしっかりと、黒を基調としたピシッとしたスーツを着こなしてはいるのだが。

「私の食事の時間はさほど構うことはありませんぞ。二人分別々の物を作られて、しかも初日とあってはさぞお疲れでしょう」

「いえ、そんなことはありませんよ。料理は好きですから」

「まさに天職というわけですな。この味なら納得ですがね」

「ところで、公爵様について聞きたいことがあるのですが」

「ほう……」

ゼガルさんは、やや困ったような表情を浮かべる。

そして、長い髭を手でいじってから首を左右に振った。

「申しわけありませんが、主人の話を私が無断で話すことはできません」

「そうですか……。聞こうとしてしまい申しわけありません」

「なにか気になることがあるようでしたら、ご自身で尋ねるのが一番良いかと思います」

ここで私は少しばかり悩んでしまった。

エムルハルト様が噂に聞くような冷酷なお方でないことは、今までの言動を見ていて理解してきた。だが、想像もしないようなところで何度か怒らせてしまっている。今は体調が回復していない状態なのに、いろいろ尋ねて余計なストレスを与えてしまうのは悪いことだ。

「それよりも、シャイン様も一緒に食べなされ。同僚なのですから、私を待つ必要はありませんよ」

「はい、ではいただきます」

◇

後片付けを済ませ、部屋に戻った。

料理長生活の初日が終わったのだ。仕事モードを終えて素に戻り、ひとまずはベッドの上へと座る。

「はぁ～、嬉しかったなぁ～！」

ベッドに置いてあるクッションをギュッと胸に抱きながら、ニヤニヤが止まらなかった。仕事の最中は顔に出さないようにしていたが、実のところ、顔がくしゃくしゃになってしまいそうなほど情けない笑みを浮かべたくて仕方がなかったのだ。

今、ようやくそれができる。

エムルハルト様が何度もおいしいと言ってくれたことがとても嬉しかった。馴染みのないウメ粥をお出しして、少し残すかもと思っていたが、全部食べてくださったのも嬉しい。

お店の常連さんにおいしいと言ってもらうのももちろん嬉しいのだが、エムルハルト様においしいと言われたときはなぜか胸に突き刺さるものがある。

それに、嬉しいのは単純においしいと言われたことだけではなかった気がする。

「公爵様の笑顔、また見たいなぁ……」

貴族界広しと言えど、エムルハルト様の笑顔を見たことのある人はほとんどいないのではないだろうか。まるで、私だけという特別感を勝手に感じてしまう。

それくらい、エムルハルト様の笑顔は反則級にカッコ良かったのである。

もちろん、主従関係もあるし変な方向に気持ちが揺らぐことはない。

そもそもエムルハルト様がそういう目で私のことを見てくることはないだろう。確証がある。

だって、もしもエムルハルト様が私に恋愛感情を持つことがあるならば、とっくの昔に誰かと恋に落ちて結婚していたはずだ。

私の二つ年上で、現在十八歳のエムルハルト様。上位貴族や王族ともなれば、とっくに結婚している年頃である。私は特別美人ではないし、エムルハルト様みたいなイケメンならば、多くの令嬢たちからに思いを寄せられてきたはず。

それでもエムルハルト様が現時点で結婚していないということは、女性に興味がないのだろう。

それに、私のような未婚の貴族令嬢を住み込みで雇った時点で、結婚相手を捜すつもりもないのだろうと察することができる。

エムルハルト様のことはカッコ良いとは思うし、怒りかたも理不尽なものではないし、今のところ噂のような嫌なイメージは全くない。

それでも私の中では、エムルハルト様は『料理長として雇ってくれたイケメン公爵様』であり、見るだけで癒される観賞用のありがたい存在だ。

それに、私もソルドには婚約解消されてしまったが、スコーピン伯爵家のために早く新たな相手を見つけたいと思っているのだ。お父様からは焦るなと言われているし、急ぐことはないのだけど……。私にだって好きな人と結ばれることに憧れはある。

まあ、念願の料理の仕事に就くことができたのだし、今はもう少し、仕事を楽しみたい。公爵邸の料理人として励むことが、新たな縁談やスコーピン伯爵家の利益に繋がるとも思うから。

それにしても、エムルハルト様には不思議な点が多い。

これからの生活のためには、こっちを先に把握したほうが良い気がする。

「どうしてあんなに怒っていたのかなぁ……」

もう一度エムルハルト様のことを落ち着いて考えてみた。まだ会って間もない状態だ。詮索しすぎるのも問題だと思う。エムルハルト様のことを直接本人に聞くのはまだ早い。

まずは触れてはいけない話題を把握しておかなければ。

今のところ……

・『私など』と私自身を過小評価したら怒った
・前の料理長のことを怒っていた
・私自身の食事の用意を余りもので済ませようとしたら怒った

……う〜ん、全然共通点が見つからない。数日間は様子を見ようかな。

ひとまずクッションとは一時期別れる。

水浴び場で身体を綺麗にして、寝る準備を整えて本格的にベッドに横になった。

「ふかふかだぁ……」

今までもそれなりに良いベッドを使っていたと思うが、これはさらにその上をいく。こんなに良いベッドを提供してくれるなんて本当に好待遇《こうたいぐう》だ。

ゆっくりとまぶたを落としてグッスリと眠った。

◆

「ぶぅわっかもーーーーーーんっ！！！！！」

「ぐへぇぇぇぇえええええっ⁉」

父上はここ数日、俺――ソルド＝ゾイレへの引き継ぎ準備のために領地へ出かけていた。

ようやく領地から帰ってきたため、その間のできごとを報告した。幼馴染《おさななじみ》であり幼いころからの婚約者であるシャインとはきっぱりと婚約解消したことも。

『冗談か？』と言われ俺は、『事実です』と自信を持って告げた。

その瞬間、ぶっとばされた。頬を思いっきりグーパンされて、口の中からはほのかに鉄の味がする。これはこのあと口内炎確定だろう。

いくら父上とはいえ、あんまりだ。まだ理由も言っていないのに。

「痛いではありませんか！」

「あたりまえだ！　痛くなるように殴ったのだからな！」

「そういうことを言ってるんじゃなくて、どうして殴るんですか！」

「ソルドよ、婚約解消とは本気で言っているのか⁉」

「はい！」

ここ数年、父上からはやたらと怒られてばかりだ。怒られすぎて慣れているとは言っても、こんなに勢いよく殴られたのは初めてである。

父上が深く深くため息をつき、哀れな視線を向けてきた。

「シャイン嬢との結婚が目前に迫っていたから、おまえに爵位を引き継いだのだぞ！」

「父上は俺のことを認めて、子爵位を譲ってくださったのですよね。その件は感謝してますが、別にシャインなどいなくても」

「なにもわかっとらんではないかぁぁぁぁあああ！」

いちいち怒声をあげないでほしい。父上がシャインのことを気に入っているのは理解している。

だが、それはあまり彼女と時を共にしていないから、その本性を知らないだけだ。

それに俺だって、シャインのことが嫌いというわけではない。シャインという女一人を手に入れることによって、他の女と関係を持てなくなると思うと悩むだけだ。

せっかく子爵という偉い存在になれたのだから、少しは遊びたい。俺は父上の秘密を知っているのだから、多少の自由は多めにみてもらいたい。

それに、いずれシャインよりも可愛い、俺になんでも従うような女が現れる、そんな予感もしていたのだ。

さて、父上には俺の心情をある程度隠しつつシャインの悪い部分だけを伝えないとな。

「彼女は趣味に没頭するようなダメダメ令嬢ですよ。しかも、俺が好きな物を食べようとするとガミガミうるさかったんです。子爵となった俺につき従うような女ではありません！」

「それはソルドが貴族として……いや、人としてしっかりしていれば、ただつき従うような女性を選んでもかまわん。だが、お前は貴族としての品位に欠ける点がある。シャイン嬢は明らかにおまえのことを思って言っていただろう！」

「おせっかいな……。そんなやつと長年一緒にいたらおかしくなりそうです」

「おまえというやつは……」

「とにかく、五日前に婚約解消の話が済んで、もう手続きも終わらせています。今さらどうすることもできません」

俺は言い切った。いくら父上でも、手続きが終わっているとなれば文句を言ってくることはない。

そう俺は思っていた。

「今すぐシャイン嬢とやり直せるように最善を尽くせ！　もはや手遅れかとは思うが、やれるだけのことはやるのだ」

「そんな勝手なこと……」

「勝手なことをしたのはソルドだ！　もしもダメだったときは、特例措置の申請をし、お前の子爵位は私に戻させてもらう」

「は？」

「とてもじゃないが、おまえ一人に私の任務を引きつぐことなど不可能だ。このままならば、私が死ぬまで引き継ぎはしない。シャイン嬢がいたからこそ、早いほうが良いと思ったまでだ」

　父上がとんでもないことを言いだした。

　婚約解消のような、特殊な事例のあとでは特例措置が認められてしまう可能性が高い。子爵位を失うなんて話が違うではないか。

　これでは、色々な女と遊んで、婚約者にふさわしい新たな女を見つけるという目的すらパァになってしまう。父上だって影では色々やっているくせに、なぜ今さら……

　だが、俺は父上と違って真面目なんだ。いくらなんでも、幼馴染《おさななじみ》のシャインを傷つけてまで他の女と遊びたいとは思わなかった。

　だからこそ、こうやって段取りを踏んだというのに……

「わかりましたよ。明日スコーピン家に行き、再び婚約してもらうよう頼んできます」

「……虫の良い話だ」

「父上がそうしろと言ったのではありませんか」

「そうじゃない。ソルドがあまりにも虫の良すぎる話を平然と言うことが情けないのだ」

虫が良いわけではない。これはシャインにとっても嬉しい話ではないか。

シャインは俺のことが小さいころから大好きだった。最近はガミガミうるさかったが、それでも俺のことを大好きなことに変わりはなかった。

婚約解消を宣告をしたときも、顔を下に向ける仕草をしていたし、きっと辛かったのだろう。俺が『気が変わった、もう一度婚約してくれ』と言えば、シャインも喜ぶに違いない。

ゆえに、これは虫の良い話ではなく、シャインにとっては有益な話だ。

もちろん、婚約してから他の女と遊ぶことになってしまうだろうから、多少の罪悪感はある。

だが、子爵位を戻すなど父上からの脅迫のような命令があったのだから仕方がないことだ。シャインも怒るとは思うが、ある程度は理解してくれることだろう。

俺は翌日、スコーピン家に行きシャインを呼び出した。

「ソルドおぼっちゃまでしたか。どうされましたか」

出てきたのはスコーピン家の使用人だ。俺とは何度も会ったことがある顔馴染みだ。

またお世話になるよ、仕方なくだけど。

「シャインはいるか？」

「お嬢様はさきほど、クノロス公爵邸に向かわれました」

「クノロス公爵邸!?　……そうか、今日は遅いのか？」

「いえ、しばらく帰宅はされません」

「は？」

「住み込みで働くことになりましたゆえ」

「はぁ!?」

シャインのやつ、いったいなんのためにクノロス公爵邸に行ったんだ。

なぜだか嫌な予感がする。

冷や汗を流しながら、この日は諦めて一旦家に帰ることにした。

父上に対してどう報告するか、シャインはなぜ公爵邸に働くことになったのかを考えながら。

◆

「昨日と味が違う……そしてうまい！」

「ありがとうございます」

今日のエムルハルト様の顔色は昨日よりかなり良くなっている。良いと言ってもまだ一晩しか経っておらず、油断はできそうにないが。

念のためにもう一度エムルハルト様の様子を眺めてみたが、食欲旺盛なようだ。これならば明日からはゼガルさんに用意するものと同じメニューでも良いかも。

それにしてもエムルハルト様は体系がスラリとしているし、青みがかった少し長めの髪の奥からうっすらと見えてくる瞳がとても凛々しい。

「なにか変えたのか？」

「はい。少しだけですが味つけを濃くして、ウメの風味をより楽しめるようにしました」

今日の朝食には、昨日のウメ粥をアレンジしたものと、早朝から仕込んだ野菜スープを用意した。

ところで昨晩、私は悩みに悩んでひとつの可能性に辿り着いていたのだ。主従関係はあるものの、これは聞いておいたほうが良いだろう。

「ひとつお伺いしてもよろしいでしょうか？」

「なんだ？」

「今まで、食事はしっかり摂っていたのでしょうか？」

「あぁ」

あっさりと可能性を崩された。料理人もいないし、屋敷内にいるのは執事のゼガルさんだけだ。

もしかしたら、食事をおろそかにしていたからこその昨日の悲劇だったのかもしれないと考えていた。もしそうであれば、私を雇ったのも納得だし、今後少しずつ回復できるだろうと少し安心していたのに。

しかし……

「ゼガルに頼んで、パンを毎日食べていた」

「それだけですか？」

「あぁ」

「全然摂れていませんよねっ！」

私がここへ来ることもなく、今もまだパンだけの毎日だったらと思うとゾッとする。公爵様相手だろうが、私は怒った。

しかし、エムルハルト様は相変わらず表情を変えることはない。

「信頼できる店の物を食べていれば、それで事足りる」

「はぁ……もう！」

エムルハルト様は否定したが、私の予想は概ね当たっていたのだろう。大きくため息をつき、エムルハルト様に対してわかりやすく呆れ顔を披露した。

「なにか不満なのか？」

「はい、おもいっきり。お言葉ですが、パンだけの生活では栄養が不十分です。昨日倒れてしまったのも当然のことかと」

「あぁ、わかっている。だが、俺はそれでもパンしか食べることができなかったんだ」

私に多額の給金を払えるくらいだから、食べ物を選べないくらいお金がないということはありえない。パンしか食べることができないって、どういう意味だろう。好き嫌いもなさそうなのに。

なにかと無茶苦茶なエムルハルト様のことを、詮索する意味でじっと見つめた。

あぁダメだ。全然わからない。

「なぜです？　ゼガルさんもですか？」

「いや、ゼガルは外で食事を摂るよう指示していた。彼なら危険はそうそうないだろうからな」

「それってどういう……」

「それよりも、温かいうちに食べたいのだが？」

「申しわけございません」

なにか深刻そうな理由があるように見えたし、これ以上追求するのはやめておこう。

エムルハルト様は、すぐに食べかけのウメ粥に口をつけた。昨日よりも食べるスピードがやや速くなっている。

「うまかった」

「良かったです」

「ひとつ、俺からもキミについて尋ねて良いか？」

「もちろん構いませんが……」

相変わらず表情を一切変えないエムルハルト様。

そんな彼から突然聞きたいことがあると言われて少し驚いた。私のことはもちろん、そもそも人に興味もなさそうだったから。

それでも、私とエムルハルト様は料理人と雇い主として長いつき合いになるかもしれないのだ。

なんとか会話できるようにと、今までは積極的に私から質問をするようにしていたが、今回初めて彼から質問された気がする。

ようやく、冷酷無愛想公爵様との関係の第一歩を踏み出せたような気がしたのだ。

「キミは長年の婚約者に、婚約を解消されてしまったばかりだろう。なぜそんなに機敏《きびん》に動き、前向きに働くことができるのだ？」

　思いもしなかったような質問だ。どうしてエムルハルト様がこのような質問をしてくるのかはさておき、私は正直に答えることにした。

「いくつか理由はありますが……一番は料理が生きがいだからです」

「ほう」

「私は、料理が上手な父のことを尊敬しています。いつか私も父のように料理を仕事にしたいという夢を抱いておりました。父もその夢には協力してくれていたのです」

　エムルハルト様は、顔色一つ変えずに、じっと私の目をしっかりと見て話を聞いてくれている。

　このように真剣に話を聞いてくださるのはお父様以外にいなかったため、私も徐々にしゃべりがヒートアップしてしまった。あぁ、料理の話は楽しいなぁ。

「――というわけで、私は毎日料理ができる今が幸せなんです。だから、前向きもなにも、ただ楽しいだけで……って、はっ！　こんなに長々と語ってしまい申しわけございません！」

「別にかまわん。俺が聞いたことだ。キミはそれほど料理が好きなのだな」

「はい……熱くなりすぎてしまい、言葉遣いまで崩してしまい、大変失礼を……」

　若干、幼馴染《おさななじみ》に対して話すような口調になってしまった。料理の話をしていたら夢中になりすぎてしまったのだ。

　しっかりと謝罪をする。

「キミは元婚約者に対してなにも文句を言わないのだな」

「え？」

「俺も少しは見習うとしようか……」

　エムルハルト様はなにか思い悩んでいるようにも見えた。

「公爵様は、なにも見習うことなどないかと……」

「いや、ある。住む環境も変わった。俺も変わらなければならない」

「ん……んん？」

「いや、ひとりごとだ。気にしないでくれ」

　エムルハルト様は席を立ち上がり、そのまま食事部屋から出ていってしまった。

「なにを見習おうとしていたんだろう……」

　エムルハルト様、実はどこかで私と同じように婚約解消でもされていたのだろうか……

　私の場合は、今の生活が充実しているため、ソルドに対しての文句はほとんどない。彼から婚約解消されたタイミングが良かったため、こうして料理の道へ進めたとも言える。

　むしろ婚約解消してくれてありがとうと感謝したいくらいだ。

　それに、こういうことは人それぞれだし、無理に見習う必要はないと思うけれど。

　それにしても……

「ふふ……、今日も残さず綺麗に食べてくれた。嬉しいなぁ」

　おっと、いけないいけない。ひとりごととはいえ、まだ仕事中なのに、だらしない言葉遣いをしてしまった。両手でほっぺをパシッと軽く叩いて、仕事に集中しよう。

エムルハルト様の使った食器類を片づけて、ゼガルさんの朝食を用意した。食べてもらっている間に、食器類を洗ってから昼食の仕込みを始めた。

◇

「……うまかった」

公爵邸で住み込みを始めてから今日で三日目。

エムルハルト様の顔色は日に日に良くなってきている。相変わらず表情を変えずではあるが、それでも微妙に変化があるような気がした。

テーブルの上に乗っている皿を見て、ニヤリとしてしまう。

「今日も残さず全部食べてくださり、ありがとうございます」

「あたりまえだ。ところで、ひとつ頼みたいことがある」

「はい、なんでしょうか」

「今日の昼食は、俺の部屋に持ってきてほしい」

「承知しました」

「助かる。溜まった仕事が多くてな」

エムルハルト様の部屋に入ったことは今のところない。料理長として働いているため、入る機会もなかった。エムルハルト様の部屋＝仕事部屋となっているらしいが、どのような部屋なのか興味はある。私に提供してくれた部屋がものすごい豪華なのだから、さらにすごい部屋に違いない。

「では、のちほどお持ちします」

「あぁ。作業中だろうだから、ノックなどはせずにそのまま入ってきてくれ」

「承知しました」

忙しそうだから、お昼ごはんは食べやすいものにしておこう。

◇

「昼食をお持ちしま……って、え？」

あまり人と比べるのは良くないことはわかっている。

だが、エムルハルト様の部屋のドアを開けて最初に思ったこと。それはとにかく散らかっているの一言。それはもう、ソルドの自室よりも酷かったのである。

「普段、ここで寝ているのですか……？」

「なにか問題か？」

「これほどまで大変なお仕事をされていたのですね」

エムルハルト様の部屋は、私が借りている部屋の二倍の広さはある。

しかし、そこら中に書類のような紙が散乱していた。カーテンつきベッドの上にも書類が散らかっているのは、寝る寸前まで仕事に打ち込んでいる証拠だろう。おまけに空気がこもっていて、埃《ほこり》まみれだ。そこらじゅうにゴミのような物や使ったあとのハンカチやタオルが散乱している。

とはいえ、別にドン引きしたわけではなく、むしろ心配になった。

エムルハルト様は、食事も全部綺麗に食べてくれるし、その食べ方も丁寧だ。決してだらしない性格ではないはず。おそらく、部屋を片づけたくてもそのような余裕すらないのだろう。

私はひとまず持ってきたオムライスを部屋の片隅の空いている場所に置き、テーブルの上に散乱しているコップや使いかけの皿をどかした。

ようやく置き場所を確保して、オムライスをテーブルの上に乗せる。

「お待たせしました」

「助かった」

「では……」

「おい、なにをしている？」

「片づけです。ゼガルさんの食事はすでに食堂に用意してありますので」

「いや、余計なことをしなくとも良い。ゼガルにも俺の部屋は管理しなくて良いと言っているくらいだ」

エムルハルト様は、とても迷惑そうな顔をしていた。

しかし、これだけ広くて素晴らしい部屋がメチャクチャな状態では、見ているだけでなんだかムシャクシャしてしまう。ソルドの部屋のほうがマシ（私が常に片づけていたから）だと思うと、どうしても許せなかった。

「大丈夫です。お仕事の書類関係には触れないようにしますから」

「いや、そういうことではない」

「では、なんですか？」

私は負けじと言い返した。

初日に誓った口出ししない宣言は、いったいどこへいったのやら。

エムルハルト様に対して、哀れな視線をあえて送る。観念したのか、めんどくさそうにしながらも、今回はしっかりと答えてくれた。

「……この部屋の惨状は、俺がやったことだ。片づけるのはキミの仕事ではない」

「仕事だなんて考えていません、ただ私が気になるんです」

「しかし……」

「仕事が大変なのでしょう？　使った物を処理して、掃除して、書類だけの部屋にしたほうが、少しは効率が上がると思いますよ」

「それはそうかもしれないが」

「はいはい、とにかく公爵様はごはんをしっかり食べて、仕事で疲れた体力を回復させましょうね」

「うむ……」

不思議そうな表情をしながら、エムルハルト様はオムライスを食べはじめてくれた。

埃《ほこり》が出ないように、なるべくエムルハルト様から離れた場所から片づけはじめる。片づけると言っても、ハンカチやタオルをまとめて洗濯場に持っていき、使い終わった食器類を厨房《ちゅうぼう》へ戻すだけだ。

埃《ほこり》取りや雑巾《ぞうきん》掛けはエムルハルト様の食事が終わってからにする。広い分作業は多いとは思うが、ソルドの部屋を片づけていたときよりは、はるかに楽でマシだ。

むしろ進んで綺麗にしたいって思うし、なんだかやっていて楽しい。

「俺は食べているだけですまんな」

「お気になさらず」

「ふ……。キミは俺の母上のようなことをするのだな」

片づけの手を一時的に止めて、エムルハルト様に顔を一度向けた。

表情を伺っておいて良かった……顔を見ないで返事をしたら、もしかしたらエムルハルト様を傷つけるような発言をしていたかもしれない。滅多に感情を出さないエムルハルト様が、とても寂しそうな表情をしていたのだ。

しかし、その表情は徐々になぜか苛立ったようなものになっていく。

「母上……、父上……おのれ」

「え……？　あ、あの……」

「いや、なんでもない、ひとりごとだ。この黄色い皮のようなふわふわは卵か。米の組み合わせもうまいな」

「これはオムライスと言って、父がよく作っていた料理です」

「そうか……キミは本当に父上のことが大好きなのだな」

「はい。世界一尊敬しています」

「俺も亡き両親のことは今でも尊敬しているよ……これからもずっとな」

食べながら普段の無表情へ戻っていく。

今の話を聞いておいて良かった。私は、エムルハルト様はご両親に恨みでもあるのかと一瞬思ってしまったのだから。

しかし、そうではなく尊敬していると教えてくれた。だったら、さっき一瞬だけ怒りながら、『おのれ』って言っていたのはなんだったのだろう。まぁ、深入りはしないでおこう。

シビアな話だったのかもしれないし、これがエムルハルト様の地雷《じらい》だとしたら、無意味に怒らせたくはない。私は再び片づけをはじめた。

◇

エムルハルト様はオムライスを食べ終えたら、すぐに仕事をはじめていた。本当に忙しいのだと伝わってくる。

私も、エムルハルト様の部屋と食堂や洗い場の行ったり来たりを繰り返して、ようやく片づけるべきものを処理した。埃《ほこり》もある程度は取り除き、雑巾《ぞうきん》掛けもさせてもらった。

「ふう……あとは公爵様のお仕事関連の物だけですね」

エムルハルト様が作業を中断して、部屋を見渡した。

「部屋が見違えた……」

「おおむね二十往復はしましたからね。雑巾《ぞうきん》も何度洗い直したことか。よほどお仕事が忙しかったのでしょう」

「俺のせいだ。だが、昨日から調子が元に戻ってきてな。ようやく遅れを取り戻せる気がしてきた」

「良かったですね」

「あぁ、キミのおかげだ。……ありがとう」

「ほへぇ⁉」

不意打ちは勘弁してほしい。

エムルハルト様が、急に笑みを浮かべながらお礼まで言ってくれた。青みがかった長めの髪の毛の先に見える瞳が、確かに笑顔の形をしていたのだ。

そんな貴重な、芸術作品と言っても過言ではないほどの整ったエムルハルト様の笑顔を直視してしまい、抑えても抑えきれないような妙な気持ちにさせられてしまった。

あまりにも変な声で返事をしてしまい、恥ずかしい。

「あの、私はなにもしていませんからね？」

やっとのことで私が返事をしたときには、エムルハルト様はすでに仕事に集中していた。

邪魔をしては悪いから、綺麗に食べてくれたオムライスの皿を持って部屋を出た。ルンルン気分で。

食器を洗ってから夕飯の準備までの時間は休憩時間となる。

私は自分の部屋に戻り、ベッドにごろんとした。

「むふふふふふふふふふ〜！　今日も綺麗に食べてくれたし、笑顔までもらっちゃったぁぁあああっ！」

それにしても、今日の笑顔はヤバかった。あんな顔を見せられたら、世の女性たちは全員メロメロになってしまいそうだ。主従関係もあるし、私は恋などしてはいけない。あくまで顔を見て癒される程度にしておかなければ。

だが……この三日間でエムルハルト様の良い部分が見えてきてしまった。

なにより、エムルハルト様に料理を作るのが楽しくてしかたがない。

「はぁ、ツライよぉ。公爵様、優しすぎだよぉ……」

私の心臓が今もドクンドクンと暴れている。

ふとんを、むぎゅーーーっと抱きしめて、心のモヤモヤをぶつけた。

あぁ、こういうときは料理して気を紛らわせなければ！

今日の夕食、なに作ろうかなぁ。

第二章

「今日もうまかった」

「いつも丁寧に食べていただき、ありがとうございます」

公爵邸で住み込みを始めてから今日で七日目。

エムルハルト様の顔色はとてつもなく良くなった。それに加えて、なにか開放感があるようなどこかスッキリとした表情も時折見せることが増えた。

なにか良いことでもあったのだろうか。

「ひとつ頼みたいことがある」

「はい、今日はなんでしょうか」

「休憩時間に俺の部屋に来てほしい」

「んが？」

今は仕事中だろ私っ！

あまりにもすごいことを言うものだから、気の抜けた返事をしてしまった。

「病気か？」

「いえ、間抜けな声を出しただけですからっ！　ところで、部屋に行くのは構いませんが、なにか？」

「まぁ、少し話がある……」

エムルハルト様が珍しく目線を逸らしながらそう言ってきた。

今ここでは話せないような重要事項なのかもしれない。変な声を出している場合ではなかった。

「承知しました。それでは、昼食の片づけが終わり次第、すぐ伺います」

「あぁ」

マッハで仕事を終わらせ、すぐにエムルハルト様の部屋へ向かった。

「失礼します。……わーお」

数日前の書類で散乱されていた部屋が一変、綺麗になっていた。

「キミのおかげで仕事もはかどり、無事、期限までに提出することができた」

「私のおかげかどうかは別として、とにかく良かったですね」

「それでだ。お礼も兼ねて呼び出してすまない」

「お礼？」

「まぁ、そこの椅子に座りたまえ。飲み物はなにが良い？」

「そんな、公爵様に用意させるなんて」

「俺はキミがなにを飲みたいのか聞いている！」

エムルハルト様が少しだけ口調を荒げた。

これはやばい。このまま反抗すると怒ってしまうパターンだ。

とにかく、どこの部屋にも置いてありそうなもので、私が好きな物を大至急言わなければ……

「紅茶で……」

「うむ。アールグレイとダージリンとベルガモット、どれが良い？」

「では……アールグレイが良いです」

「わかった」

どうやら怒らせずに済んだ。エムルハルト様にお茶の準備をさせるなんて、申しわけない気持ちにはなってしまうが、ここは素直に従う。

理不尽なことを言われているわけではないし、今回はお言葉に甘えた。

「ちょうど先日仕入れたばかりの茶葉だ」

「ありがとうございます！　わぁー、良い香り」

カップから漂ってくる気持ちの安らぐような香りが、たまらなく心地良い。しかも、クッキーまで用意してくれている。

「遠慮せず食べたまえ」

「いただきます！」

エムルハルト様も正面の椅子に腰掛けた。私はゆっくりと紅茶にひとくち、口につける。

「おいしい〜！」

「ならば良かった」

「ところで、なにか大事な用件ですよね。どうかされましたか？」

「大事と言えば大事ではあるが、今目的を遂行している」

「へ？」

危なかった。

また変な声を出してしまうところだったではないか。

「まさか、紅茶を飲むことが目的とか……？」

私は冗談半分でそう聞いてみた。

「そうだ」

「んあ!?」

公爵様の目的っていったいなんなのだろう。変な声を出してしまった。

幸い、口の中になにも入れていなかったため、大惨事《だいさんじ》になることだけは防げた。

「キミのおかげで仕事が片づいたと言っただろう。感謝の気持ちもこめて、ゆっくりできるよう飲み物を用意して待っていた」

「あ……ありがとうございます」

そう言われてみれば、さっきエムルハルト様が選択肢を出していた紅茶の茶葉、全部私の好みのやつだった。

クッキーも大好きだ。もちろん、私が紅茶好きなこともクッキーが好きだということも教えたことはない。どうして私の好みをここまで知っていたのだろう。

「あの……ひとつ聞いてもよろしいですか？」

「なんだ？」

「私、言いましたっけ？　紅茶が好きなこととか」

「キミからは聞いたことはない」

「えぇと、つまり――」

「気にするな、俺のひとりごとだ」

ひとりごとではないだろ……

しかし、いつもの流れだと、ここで追求するとまた地雷《じらい》にぶちあたりそうだから今は聞くのをやめておく。

「キミが作ってくれた料理のおかげで、不足していた栄養をしっかり摂れ、仕事もできるくらいまで回復した。仕事だって、邪魔な私物を片づけてくれたおかげでよりスムーズに終わったんだ。部屋の空気も良くなり睡眠《すいみん》の質も上がったような気がする」

「お役に立てて良かったです」

「あぁ、本当に良いタイミングでキミがここへ来てくれたことに感謝する」

「はは……ある意味ソルドに感謝しないとですね。私もこんなに楽しく料理ができるようになりましたし」

「全くだ。あの男は本当にもったいないことをしたようだな」

エムルハルト様とこんな風にお話しするのは初めてかもしれない。こういう時間も落ち着いて楽しいなと思えた。

うん、今、私すごく楽しい。

だが、せっかくの貴重な時間だというのに、私はどうして元婚約者の名前を出してしまったのだろうか。フラグのような出来事が起きてしまったのである。

「突然失礼します。シャイン様、たったいま門番からの報告で、急遽面会希望の方がお見えとのことですが」

ゼガルさんが突然エムルハルト様の部屋にやってきた。それも息を切らしながら。おそらく走ってきてくれたのだろう。

よほど重要なのかもしれないが、嫌な予感しかしない。

「誰だ？」

「ソルド＝ゾイレ子爵です」

「な⁉」

私が声を出すまえに、エムルハルト様が大きな声で叫んでいた。

「ゼガルよ、庭までは案内し、その場で待たれよと伝えてくれ。決して屋敷内には入れるな。一度シャイン嬢と話をしたい」

「庭へ？　良いのですか？」

「今回は考えがある。本来は決して誰も敷地には入れないのだが、今回はなんのためにシャイン嬢を訪ねてきたのか、その調査も兼ねて入れよう」

「承知しました」

ゼガルさんはすぐに部屋を出ていき、再びエムルハルト様と二人きりになった。

「まさか、彼が私のことを訪ねてくるとは思いませんでした」

「キミは彼に会うつもりだろう？　俺も同行して構わないか？」

「え？」

「ソルド子爵のことだ。たとえこの公爵邸内であろうと、キミに危害を加える可能性も少なからずある」

「……一緒に来ていただけるのですか？」

私も同じようなことを考えていた。きっとソルドの用件はろくでもないものだ。

無理やりここから連れ出そうとするとか、あるいは婚約解消を取り消せなどと言ってくるとか。会うのが少し恐かったため、断ろうかとも思ったくらいである。

だが、エムルハルト様が一緒にいてくれるのならば、さすがに危害を加えるようなことはしてこないと思う。

「あたりまえだ。キミは俺が必ず守る。絶対に……」

「へ……？」

なにかものすごい強い意志を感じる。そこまでおおごとというわけではないと思うのだが。さすがに命の危険まではないはずだけれど。

「では行くか」

「あ、はい。……きゃ」

うかつだった。私は動揺していて、飲みかけのカップをこぼして、服に引っかけてしまった。

「あつ……」

「大丈夫か？」

「平気ですよ」

まだ紅茶は淹れたてのためかなり熱かった。直撃は避けたものの、服を通して太ももが濡れてしまった。

「火傷したら大変だ！」

「気にしないでください」

「そうはいかない」

エムルハルト様は、焦っているのかポケットの中からハンカチを取り出し、そのまま……

「ひょえ!?」

そのまま私のスカートを軽く持ち上げ、ハンカチで布にしみ込んだ水分を吸収してくれた。しかも、もう一枚ハンカチを取り出し、手渡してくれる。

「使え」

「二枚も汚すわけには」

「良いから早く！　俺が直接肌に触れるわけにはいかないだろう！」

「あ、ありがとうございます」

スカートを下のほうから少しめくり上げ、受け取ったハンカチを肌にあてた。幸い、ハンカチがひんやりとしていたため、十分に熱を吸い取ってくれたのだ。

それにしても、私の失敗なのにここまで丁寧にしてくださるなんて……

「公爵様」

「ん？」

「ありがとうございます。助かりました」

「当然のことだ」

借りたハンカチはどちらも高級そうなもの。紅茶のシミはなかなか取れない。

貴重な物が汚れてしまうと公爵様だってわかっていることだろう。

それなのに躊躇いもなく渡してくれた。

私は、公爵様に対して、とんでもなく大きなトキメキを感じてしまうのだった。

◇

エムルハルト様と一緒に庭へ出ると、テラス席でソルドがくつろいでいた。

テーブルにはお茶が用意されていて、堂々とした態度でふんずりかえっている状態だ。

「この辺りにいる。なにかあったらすぐかけつける」

「ありがとうございます」

私だけ三十歩ほど前進して、待ちくたびれたぞと言わんばかりのソルドの前に立った。

「お待たせ」

幼馴染《おさななじみ》のソルド相手には素の私で接しているため、言葉遣いが部屋のだらけモードと一緒である。後ろにはエムルハルト様もいるしどうするか悩んだけど、丁寧な口調にしてしまうと、ソルドの話を聞き出しづらくなりそうだから、普段の口調にした。

「遅すぎる。いつからのんびり人間になったのだ？」

「ちょっとトラブルがあって」

「なんだ？」

「紅茶をこぼしちゃって、火傷しそうになっていたの」

「はん、こんなところへ来て頭まで悪くなったのか。後ろに立っている使用人がかわいそうだぞ」

ゲラゲラと嘲笑ってくる。これに関しては私の不注意が原因だから、なにも言い返せないのが辛い。

それにしても、ソルドはエムルハルト様のことを使用人と認識しているようだ。これはむしろ話しやすくて助かる。ソルドがここへ来た目的を聞きやすくなるからだ。

「で、わざわざ公爵邸に来てまでなにか用事があるの？」

「あぁ、実はな……婚約解消の件で父上に殴られた」

「ふぅん」

あたりまえだろうと思いながら返事だけする。不服に思ったのか、さっそく文句が始まった。

「シャインのせいで殴られたようなもんなんだぞ」

「なんで？　ソルドのお父様は意味もなく殴るような人じゃないでしょ」

「婚約解消を宣告したときにシャインが必死に止めてくれれば……」

「いや、最初は止めたから」

「とにかく、シャインのせいだ」

ここまではいつものことだ。ソルドはなにかしら自分に問題が起こると大体は私に責任を押しつけてくる。つまり、本題はこれではないというわけだ。

「で、ここに来た目的は？　まさか殴られた報告ってわけではないでしょ？」

「あぁ。シャインの気持ちを考慮《こうりょ》し、考え直すことにした」

「は？」

「婚約解消は取り消せない。だから、俺ともう一度婚約しよう」

「無理」

私の返事は即答だった。私の冷静な態度に対してソルドも驚いたようで、口をあけたまま茫然としていた。

「なぜだ？　俺のことをあんなに愛してくれていただろ」

「昔のソルドは良いなぁって思っていたけど、今のソルドはごめん、無理」

「な！　だが、だが……こうやって打ち解けて会話をしているだろう」

「こんなの長年の腐れ縁なだけ。私は、ソルド以外の幼馴染《おさななじみ》二人に対してだってこんな感じで喋っているよ」

「な……俺だけの専売特許のようなものだとばかり思っていたが……」

勝手な妄想は勘弁して欲しい。無駄だとは思うけれど、ここではっきりと婚約は無理だと伝えたほうが良いだろう。

「女遊びを楽しみたいからと婚約解消を申し込まれて、そのあとに再び同じ人と婚約するなんてありえないから」

「いや、待て待て。今はシャインがいてくれないと俺が困る！」

「困ると言われても……今、私は公爵邸の料理長として住み込みで働いているし、誰とも結婚する気はないから」

私の意思は固い。ソルドが歯をギリギリとして、苛立った様子を見せる。

「勝手な女だ……貴族令嬢として恥ずかしくないのか？」

「たしかに、なんの許可もなく私個人の意思で決めていたら問題よね。でもご心配なく。お父様からの許可は貰っているので」

「くぅぅっ……」

ソルドは悔しそうにしている。だが、こんな程度で油断はできない。彼はゴキブリのような生命力を発揮してしつこくつきまとってくるのだ。

「婚約の意思は全くないから、帰ってもらえる？」

「ダメだ。そうはいかない」

「どうしても帰らないと？　ここの方々にも迷惑なんだけど」

「俺も迷惑だ。どうせ悪評高い公爵のことだ。おまえも大変な目に遭いながら料理をしているのだろ？」

「そんなことはない。むしろ楽しいよ」

「嘘だな。俺が救ってやるよ。俺が必ず守る！　……あ、まぁ、できる限りは、だな」

「最後、説得力なくなってるから！」

「毒を庇って身代わりになるようなことはできないだろ。俺は嘘はつかないからな」

ついさっき、エムルハルト様からも同じようなことを言われたばかりだ。比べてしまって申しわけないが、ソルドから守ると言われてもなにも感じない。

むしろ、なぜか情けなくまで思ってしまうのは気のせいだろうか。

はぁ、さすがに疲れてきた。

今まで同じようなやり取りを何度もくり返してきたが、そのしつこさに負けて最後に折れるのは私。なにを言っても無駄だと悟っての諦めだ。

だからこそ今もソルドは諦めていないのだろうけれど、今回ばかりは私は引き下がれない。

「今回は諦めて」

「くそう……このままでは……」

「茶番はそこまでだ！」

ついに、エムルハルト様がこっちへ来てくれた。しかも、ものすごく怒った表情をしている。とびっきりにヤバそうな感じで。

「シャインは忙しい。とっとと引き下がれ！」

「はん、偉そうに。いくら公爵邸とはいえ、使用人ごときが子爵である俺に命令をするなよ？」

「ほう……？」

とびっきりどころか、大噴火しそうなんだけど……怒ったときに限りだが、冷酷という噂は本当だったのかもしれない。

「俺がエムルハルト＝クノロス公爵だ！」

「なっ⁉　いやいや待て待て……良くみてみれば青の長髪……おっかなそうな顔、数々の女をゴミのように処理してきたと悪名高い……」

「俺の前で世間の噂を丁寧に説明するとは良い度胸だな」

「ほほほほ……本当にこここここっ……公爵様⁉」

ソルドが滝のように汗を流しながら震えていた。よっぽど恐いイメージがあるのかもしれない。

いや、さっきまで散々ひどい発言をしていたから、それも加わってのことか。

「もう一度だけ言う。シャインはこの屋敷にとっても俺にとっても……いや、とにかく大事な人間だ。ここから連れ出そうなどと考える者は誰が相手でも容赦《ようしゃ》はしない！」

「ひぃっ！　も、もうしわけありませんでしたっ！」

ソルドは逃げるようにその場から走って馬車へ乗り込んでいった。

ようやく解放された……

「助けてくださり、ありがとうございます」

「遅くなってすまない。一応、彼の意見も聞くつもりではいたのだが、我慢の限界だった」

「あんなに公爵様のことを侮辱《ぶじょく》していたら怒って当然ですよ」

「いや、そんなことよりもキミが酷いことを言われていて我慢ならなかった」

「はい？」

「他にもいろいろと理由はあるが……とにかく頭にきた」

ソルドの対応に慣れていなかったら頭にくるのは当然のことだと思う。私は、幼馴染《おさななじみ》という腐れ縁に加えて、いつも散々言われすぎていたから慣れてしまっただけだ。

「今は帰ってくれましたが、また来るかと……」

「安心しろ。俺が必ず守ると言っただろう！」

あ……これはもう私はダメかもしれない。私だけが知っているエムルハルト様の本性。

とんでもなく優しくて、頼れて、カッコよくて、丁寧で、ごはんもおいしそうに残さず食べてくれて、守ってくれようとして。

だが、必死になってギリギリ一歩のところで踏みとどまった。私たちの間にあるのは主従関係だし、婚約解消された令嬢と王家に連なる公爵が釣り合うはずもない。冷静にならなきゃ！

それでも、心からの感謝の気持ちが溢れ出る。

「ありがとうございます……」

「その顔は反則だろう」

エムルハルト様は、すぐに視線を逸らした。なにが反則なのかは良くわからないけれど、これ以上今の関係を崩すような気持ちが膨らまないように気をつけなければ。

今の私には、それが最大の課題なのかもしれない。

◇

「今日も最高にうまかった」

「ありがとうございます！」

公爵邸で住み込みを始めてから今日で半月。

この生活にもだいぶ慣れた。公爵様はすっかり元気になったようで、普段の表情はあまり変化は見えないものの、イキイキとしている。

「ひとつ頼みたいことがある」

「はい、今度はなんでしょうか」

「昨日ようやく仕事が片づいた。休憩時間に俺の部屋に来てほしい」

「はいっ！」

今回は元気よく返事をした。前回は邪魔が入ってしまってティータイムが中止になってしまったが、あのあと『いずれもう一度やろう』と言われていた。それから私は、招待されるのをずっと楽しみに待っていたのだ。

だから、今回は驚きなどはしなかった。

これからは変な声で返事することも避けたい。絶対に。意地でも！

「今日は夕食のあとでも良いか？」

「へ？」

「なにか問題か？」

「昼食後ではないのですね」

「そのほうが時間が長くとれるだろう」

「ふぇっ⁉」

しまった。

また癖で変な声が……だってエムルハルト様らしくないようなことを言ってくるから……

「承知しました。では夕食後の片づけが終わったら伺います」

まだ朝食が終わったばかりだが、楽しみで仕方がない。仕事モードを維持しないと……

◇

「失礼します」

「今日はなにが良い？」

「アールグレイでもよろしいですか？」

「あぁ。座ってくれ」

前回と同じように、……あれ？　椅子が変化している。前回は一人用の椅子が二つ設置されていて、中央にテーブルという配置だった。

「ソファーに変えたのですね」

「あぁ」

「ふへぇ……」

私は恥ずかしさを堪えて、反応を最小限に抑えた。

『あぁ』じゃないよ！

これ、私とエムルハルト様が横に並ぶってことじゃん！

しかも、ソファーの面積がそれほど広くない。私もエムルハルト様も細めだけれど、それでも二人で座ったらお互いの腕が触れ合うかどうかくらいの距離になる。

「うぅ……うぅっ……どうしよう……」

エムルハルト様に言われるがままにソファーに座って待っている。すでに心拍数がとんでもないことになっているのだ。もしも胸の近くに耳をあてたら音が聞こえてしまいそうなほどである。

座ってみた感じだと、横にエムルハルト様が座ったら密着は避けられない。

とはいえ、ソファーの座り心地は最高だし、接近状態でのティータイムにワクワクしていた。

「ふふふふふふふふふ〜」

どうしよう、ニヤニヤが止まらないよう……

「待たせたな。今日はアールグレイとクッキーと、……もう一つはあとで出す」

「わぁ、ありがとうございます！」

ここで私は違和感を覚えた。カップは私の前に置かれた。

ここまではまだ良い。どういうわけか、エムルハルト様が飲むであろうカップがクッキーの向こう側、つまり、私の正面に座るような位置に置かれたのである。

「少し待ってろ」

「え、あ、はい」

エムルハルト様は、お菓子と紅茶を置いたあと部屋の奥へと行ってしまった。少しして、大きな椅子を持って戻ってきたのである。

「あの……それは」

「椅子だ。見ればわかるだろう」

「あ……そうですよね……」

ガッカリだった。これが私の本音である。

極限の緊張状態ではあったものの、真横にエムルハルト様が座ってくれる。至近距離でティータイムが楽しめる。そんな風に楽しみにしていたのだから。

「より居心地よくできるよう、シャイン嬢用のソファーも用意しておいた」

「ありがとうございます……」

どうしよう……私のテンションがガタ落ちだ。

「公爵様がこっちに座るのかと思っていたのに……」

「なっ⁉」

私は無意識に、ついそんな言葉を口にしてしまった。

驚かれても無理はない。こんなことを言ってしまっては完全に誘っているようなものだ。すぐに謝らなければ。

だが……

「へ……へぇぇぇえええ⁉」

「失礼する」

まさかのまさかだ。冷酷無愛想（と噂の）エムルハルト様が、私の真横に腰掛けてきた。

私がちょっとでも寄ればエムルハルト様と密着状態だ。今の時点でも、エムルハルト様の良い匂いがわかるくらいに近い。

「遠慮せず食べてくれ」

「ははは、はい。いただきます」

カップを手に持っているが、緊張して少し震えてしまっている。

一方、エムルハルト様は平然としている。やはり、私のことをどうこう思っているわけではないのだろう。私が座らないのかと聞いたからこちらへ来てくださったに過ぎない。

「ふぅ……」

紅茶をゆっくりと口にして、やや落ち着きを取り戻した。エムルハルト様は私のことを恋愛対象としては見ていないだろうし、私もしっかりと主従関係を意識しなければ。

これは、ひとときのご褒美タイム。

そう思うことにした。ドキドキはしているけれど。

「こうして、誰かとゆっくり時間を過ごすのは久々だ……」

エムルハルト様が紅茶を飲みながらそう話してきた。その表情は穏やかで、冷酷のカケラすら見えないキラキラとした雰囲気である。

私は無意識にエムルハルト様の顔をじーーーっと見てしまったのだ、至近距離で。変な気持ちになるのはマズいから、なるべく目を見ないよう、鼻のあたりに目線を向ける。

「ずっと忙しかったのですか？」

「いや、むしろなにもしていなかったと言ったほうが正しいか」

「それはいったい……」

「恥ずかしい話だ。あまり詮索しないでもらいたい」

「大変失礼いたしました」

「今は仕事中ではない。堅苦しくならなくて良いのだが」

「そう言われましても……」

「主従関係など考えなくて良い。無礼講《ぶれいこう》でいてくれ」

「それに関しては承知しました」

私はこのような申し出を受けて、割とアッサリ切り替えることができる。だが、今の問題はそこではない。緊張していて硬くなってしまっているだけなんです！

「あわわわ……」

「やはりな」

「へ？」

「こうして見ていると、ソルド子爵が羨ましくも思う」

今、私の脳内は、冷静に情報処理をできない状態になっている。

ソルドが羨ましい？　つまり、ソルドのように女遊びを楽しみたいとか考えて……いるわけがない。エムルハルト様はそういうお方ではないはず。

じゃあ、ソルドのように……ダメだ。本当にわからないし、今は主従関係を気にしなくて良いと言っていたからちゃんと尋ねよう。

「どうして羨ましいのですか？」

「キミとソルド子爵は幼馴染《おさななじみ》同士なのだろ？　もし俺が彼だったら、もっと積極的に話してくれるのではないか？」

「あー……ソルドだとしたら、話す前に私がそちらの椅子に逃げますね」

「なぜだ？」

「近くにいたくないからです。作った料理を食べずにその場で捨てるような人ですし……」

「もったいない！　キミの料理を捨てるなど宝石を処分するようなものだ」

いちいちドキドキさせないでほしい。どうしてエムルハルト様は私が喜ぶことばかり言ってくれるのか……頭が沸騰《ふっとう》し過ぎて、ぼーっとしてきてしまった。

「俺だと逃げないのか？　隣に座っていて良いのか？」

「…………………うん」

「な……？」

私は無意識に返事をしてしまったらしい。しばらく無言が続き、おいしい紅茶を半分くらいまでゆっくりと飲んだころに、ようやく私の脳も正常運転に戻ってきた。

ふと、エムルハルト様の顔を伺う。顔を真っ赤にしながら呆然としていて、カッコ良くも可愛らしい表情をしていた。

「どうされましたか？」

「ん？　いや、素のキミの声を聞けたような気がして、気分が良いだけだ」

「はい？」

「ひとつ……俺からも質問して良いか？」

「はい。答えられる範囲であれば」

「以前キミがあの男と話していたときの口調はとても砕けたものだった。それば、幼馴染《おさななじみ》相手だからなのか？」

　意外な質問だった。もっと婚約中の嫌な出来事を聞かれてしまうかもと思っていた。この程度の質問なら普通に答えられる。私はありのまま答えた。

「あれでも幼い頃からの長いつき合いでしたからね。私にはソルドの他に二人幼馴染《おさななじみ》がいるのですが、この三人にはありのまま接することができるというか……幼馴染《おさななじみ》同士に限り、身分などを気にせず会話ができるんです」

「なるほど……」

「お恥ずかしい一面を見せてしまい、申しわけありません」

「あのような口調で俺に話すことはできないのか？」

「はい？」

なにを考えてそんなことを言っているのかが、さっぱりわからない。

「キミには、あまり主従関係を気にしないで欲しいと思っている」

「さすがにあのような口調で喋ってしまうと、大変失礼になるでしょう……」

「正直に言おう。あのときのソルド子爵が羨ましくも思った」

「え……？」

「キミは普段から堂々としているが、ありのままの口調で話しているキミは特に輝かしいと思った」

褒められるようなことなのだろうか。

「もちろん、無理にとは言わない」

「えぇと……、意識しないと難しいですが、努力してみます」

「楽しみだ」

「は、はぁ」

私は、残りの紅茶を飲み干して、テーブルに置いた。いきなり幼馴染《おさななじみ》たちと同じような感覚で話すのは無理がある。

でも、エムルハルト様と自然に喋ることができたらどれほど嬉しいことか。ほんの少しでも、無理のない範囲で砕けて距離を縮めていきたい。

「ところで、もう少し飲むか？」

「あ……ではお水をいただけますか？」

「ん？」

「寝る前に紅茶を飲み過ぎると、なかなか寝つけなくなってしまうので」

「わかった」

エムルハルト様がカップを持ってソファーから立ち上がった。私もやっとこの状態に慣れて、少しだけ落ち着いてきた。

私がソファーのど真ん中に移動すれば、おそらくエムルハルト様は正面の椅子に座ってしまうだろう。だからあえて、スペースを空けたままにする。

もう少し……エムルハルト様には隣に座っていてほしかったから。

「水だ」

「ありがとうございます、エムルハルト様」

意図的に名前で呼んでみた。距離を縮めるには、今の呼び方ではダメな気がしたのだ。

エムルハルト様は表情を柔らかくして、再び私の隣に腰掛けた。カップを手渡し、無言で微笑んでいる。再び私がドキドキしはじめたときのことだった。

「シャイン……」

「ひゅええ!?」

「いや、俺もそう呼んでみたくなっただけだ」

嬉しかったと、本人には言えない。でも、嬉しさが伝われば良いなと思って、ほんの少しエムルハルト様のほうに移動した。

「そろそろ、おいとましようかと」

「明日も来るか？」

「良いのですか？」

「あぁ。しばらく仕事が休みだからな」

「では遠慮なく明日も……。せっかくなので、明日は私がお菓子を用意しますね」

「良いのか？」

「お昼ごはんのあとの休憩中に作っておきます」

「楽しみにしている」

実のところ、今回作ろうと思っているお菓子は初めての挑戦だ。

上手くいくかどうかはわからない。

でも、私が作ったお菓子をエムルハルト様に一番に食べてもらいたい、そう思ったから提案してみた。頑張ってみよう。

部屋に戻って、ベッドにごろんとしたが、興奮とドキドキでなかなか寝つけなかった。

◇

「んがーーーーーーーーーっ！！！」

私は厨房《ちゅうぼう》で発狂している。夕食の作業を開始するまで残り一時間しかない。

クッキー作りに大苦戦しているのだ。塩と砂糖を間違えるようなベタなミスはしないものの、分量調整や加熱加減に戸惑っているのだ。

「お父様から教えてもらったレシピ以外は、うまくいかないなぁ……」

実のところ、料理のレシピは、ほぼ全てお父様から伝授されているものだ。

お父様は教え方が丁寧で、レシピ通りに作りさえすれば失敗することはなかった。

私はただ、たくさんのレシピを覚えたから、多少のアレンジを加えてもそれなりのものを作れるようになっただけ。

お父様からクッキー作りを教わったことはない。だからこんなに失敗してしまうのだろうか。こんなことになるなら、『作りましょうか？』なんて言わなければ良かった。

それでも言ったからには意地でも完成させなければならない。

時間的にも次が最後のチャンスだろう。何回か試行錯誤をしてきたし、味つけは多分大丈夫。あとは加熱だけ……最後のチャンスなのだから、失敗は許されない。それなのに。

「焦げちゃったーーー！」

それでも、この焦げたクッキーが一番マシだ。こんなものを提供して、エムルハルト様に幻滅されてしまったらどうしよう……せっかくのティータイムも今日で終わってしまうかも。

それでも引き返すことはできないため、焦げ焦げクッキーを提供するための最終準備に取り掛かった……

◇

エムルハルト様の部屋の前で一瞬立ち止まるも、平常心を装いながら覚悟を決めて入った。

「失礼します……」

「なにかあったのか？　夕食の時間も冴えない顔をしていたが」

「どうして、わかるのですか？」

「シャインを毎日見ているからだ」

「え？」

「隠しているようだが、それくらいは見ればわかる」

ゼガルさんには誤魔化せていたのに……むしろ、そんなに見られていた？　見てくれていた!?

そう考えるだけで胸の鼓動が熱くなってくる。

だが、クッキーを出しづらくなってしまった。

「座ってくれ」

「はい、失礼します」

すでにテーブルにはアールグレイが並べて用意されていて、ふたつのカップの奥には空の皿が一枚配置されている。ソファーの隅に座ると、エムルハルト様が昨日のように私のすぐ真横に腰掛けてくれた。

「ふふふふふ……」

「なにか？」

「椅子の用意もあるのに、こっちに座ってくれるんだなぁと」

「か……からかうな……昨日もソファーだったから同じで良いのかと……」

「それはもちろん良いのですが……その……お菓子の件で問題が」

「ひとまず皿に並べてもらえるか？」

どうしよう……私の膝の上にはお菓子の入った袋があるが、それを出すのに躊躇っている。

「沈んだ顔になったな」

「……申しわけございません」

私が謝ると、エムルハルト様は私が持っている袋に視線を向けていた。

「作るのに失敗したのか？」

「な……なんでわかったのですか？」

「浮かない顔をしている。お菓子を出そうとしない。シャインが作ったものを出し惜しみするなど考えにくい。ゆえに作ったものの満足のいく味に仕上がらなかったが、約束した手前持ってきた、といったところか」

「全部当たっている……」

　私は恥ずかしくなってしまい、袋をギュッと掴む。顔を下に向けたまま、どうしたら良いのかわからない。

　しかし、エムルハルト様は呆れたように大きくわかりやすいため息をついた。

「シャインが作ってくれたんだ。どんなものでもいただこう」

「でも……」

「毒が入っているわけでもない。俺は食べる、いや、食べさせてくれ」

「あまり期待はしないでください」

　見た目が真っ黒焦げになってしまったクッキーを皿に並べていく。ガラス製の、高級品の皿が泣いている。

「まだ全部並べていないではないか。そっちは？」

「あ、こっちは私が責任を持って食べる分です」

「そっちも並べてくれ。食べたい」

「味の保証ができません」

「構わん」

　仕方なく、見栄えはマシだが分量を間違えてマズくなってしまったクッキーも並べた。エムルハルト様は、ためらう素振りすら見せずに、それぞれのクッキーを口の中へ入れていく。

「無理しなくとも……」

私は本気で心配してそう言った。お世辞にもおいしいとは言えないレベルのものなのだから。

しかし、エムルハルト様は滅多にみることのできない笑みを浮かべながら夢中になって食べているのだ。

「確かに普段の食事と比べてしまえば劣るとは思う。だが、これもシャインの手作りクッキーだ。食べないわけがないだろう」

「はい？」

「好きだからな」

「はいっ!?」

エムルハルト様から好きと言われてしまった。もちろん、私でなくて、料理や食べ物もしくはクッキーが好きだという意味で言っているのはわかる。

それでも不意打ちで好きなどと言われたらドキッとしてしまうではないか。

「うーん……おいしいクッキーを作れるように練習します！」

「あ、あぁ。楽しみにしてる」

「そのときはもう一度、こうやってティータイムさせて欲しいです」

「あぁ。いつでも来て構わない」

こうなったら、明日から毎日研究しておいしく焼くコツを掴んでみせる。それでエムルハルト様においしいと言ってもらおう！

私は頭の中でそのことばかり考えていたため、エムルハルト様が告げたいつでも来て良いという言葉を聞き逃していた。

◇

「ふぅ、やっとできた」

クッキー修行をはじめてから半月。

ようやく納得のできる味が完成した。このクッキーをエムルハルト様に食べてもらおう。

夕食時、エムルハルト様に私からお誘いをしてみる。

「突然で申しわけありませんが、今日このあとご一緒に、紅茶を飲む時間を作っていただくことはできますか？」

エムルハルト様は食事を中断して、私に顔を向けてきた。

「久しぶりに部屋に来てくれるのか？」

「はい！　食べていただきたいものがありまして」

「わかった。シャインの用事が終わったら来てくれ」

「ありがとうございます！」

エムルハルト様は、前回のティータイム以来、私のことをシャインと呼んでくれるようになった。

私も同じく、普段からエムルハルト様と呼ぶようになっていた。

ゼガルさんに注意されるかもと思っていたけど、むしろ微笑んでいたのである。

「すまないが、紅茶は切らしている。別のものでも良いか？」

「はい。なんでも構いませんよ」

「ワインは飲めるか？」

アルコールは特別好きではないが、少しも飲めないわけではない。

「少量であれば」

「ではワインも用意しておこう」

貴族は社交界デビューと同時に、子どもでもワインを嗜むことが認められている。

私も社交界デビューをしてから何度かワインを口にしてきた。独特の苦味があって苦手だけど、一杯くらいは問題ない。

「酔いやすいので、ほんの少しでお願いします」

「あぁ、口直しの飲み物を用意しておこうか」

「助かります」

久しぶりのエムルハルト様と一緒の時間。楽しみだ。

◇

「失礼します」

半月前と違うことがいくつかある。

まず、ソファーとテーブルだけになっていて、椅子は撤去されていた。部屋の奥にあるテーブルの上に書類がたくさんあり、明らかに仕事が忙しい状況のような気がした。

「先に座ってくれ。飲み物を持ってくる」

「あの、仕事の最中でしたか？」

「構わない」

「え……」

「シャインといる時間が休憩時間だ。問題ない」

「……わかりました。では失礼します」

今回、タイミングが悪かったのかもしれない。前みたく長居はせず、早めに引き上げよう。

「あれ？　ワインではなかったのですか？」

「あぁ、今回はぶどうの果実ジュースにしておいた。ワインでも構わないが」

「むしろ、ありがとうございます！」

「やはりそうだったか。無理にワインを飲む必要はない。嫌なら嫌と言えば良い」

私がワインを好んでいるわけではないと、さきほどの僅かな会話だけでエムルハルト様は察してくれたようだ。その気遣いがとても嬉しかった。

「エムルハルト様も果実ジュースですか？」

「そうだな」

「つぎますね」

「あぁ」

私たちは、果実ジュースを注いだワイングラスで乾杯した。

エムルハルト様、少し疲れているような気がする。初めて会った時のような無表情だけど、それでもなんとなく伝わってくる。

「お疲れのようですが、大丈夫ですか？」

「あぁ。問題ない。シャインスペシャルのクッキーが待っているのだろう？」

「へ……」

シャインスペシャルのクッキーと言われてふと思い出した。お父様の店の手伝いをしているときに、私の料理を『シャインスペシャル』とお客さんに名づけられたことを。

なんでエムルハルト様がシャインスペシャルのことを知っているのだろう。偶然かな？

クッキーを皿に盛りつけると、エムルハルト様はすぐにモグモグと食べはじめた。

「うまい！　無限に食べることができそうだ」

「糖分と脂の過剰摂取になってしまいますので大量には作りません！」

「これほどうまいものを食べられるのなら、いつ気を失っても構わん」

「ご冗談を……」

「それくらい感動したという例えだ」

次から次へと手が進み、あっという間に完食してしまった。

「俺は、今は幸せ者だな……」

「そう言っていただけて頑張った甲斐があります」

「やはりシャインの料理の才能は素晴らしい」

「毎日食事を作らせていただいていますからね。なんとなく、今ならばお菓子作りも上手くできるかなと思って挑戦してみました」

果実ジュースを飲みながら、少しばかり会話を続けた。

次第にエムルハルト様の目がしゅぱしゅぱとして、いかにも眠そうだ。

「そろそろ戻ろうかと」

「もう……戻って……しまうのか？」

「眠いでしょう？」

「大丈夫だ……これ……くらい……シャインがここに……」

と、言いかけながらエムルハルト様は目を閉じてしまった。あれだけ勢いよくクッキーを食べたのだ。糖分の過剰摂取で、眠気がやってきてもおかしくないか。

しかし……

「どうしよう、この状況……」

エムルハルト様はグッスリと眠っている。

このまま放置して部屋に帰るのも申しわけなく思う。

でもベッドに寝かしつけるには私の筋力が足りない。ゼガルさんもこの時間はすでに自室に戻っているだろうし、起こしたくはない。

それにしてもだ……

(寝顔もカッコ良い……)

見ているだけで癒されてしまう。

むしろ、このまま起きるまで観察していたい気持ちすらある。

でもこのまま一緒にいたら、私の心の中でセーブしている気持ちが抑えきれなくなりそうだ。頭を触ったり、ギュッとしたりしてみたくなるかも。

もう少しだけ観察して、ソファーから退席しよう。しばらく眺めていると、エムルハルト様は早くもユメをみているようで、寝ぼけながら寝言を零した。

「ははうえ……ちちうえ……」

あぁ、亡くなってしまったご両親のユメをみているのか。悲しいユメかもしれないし、エムルハルト様の腕に寄り添い、もう少し見守ろう。

「ころされた……」

「は？」

「誰も信じたくない……」

「はい？」

「でも……信じたい……ちちうえ、俺はどうしたら……」

嫌なユメでもみているのかな。エムルハルト様を慰めようと、頭をそっとなでる。綺麗に整った青髪は、男性の髪とは思えないほどとてもサラサラしていて、触り心地がたまらない。

「ははうえ……」

「ふんぎゅ!?」

さすがに寝ぼけ過ぎだろう。エムルハルト様は、私をギュッと横から抱きしめてきた。さすがに眠ったままだから弱々しい力であり、脱出は簡単である。

しかし、私は逃げることなく、しばらく頭を撫で続けた。

◇

エムルハルト様が朝ごはんを食べに食堂へやってきた。

「昨日はすまない」

「いえ、よほど疲れていたのでしょう?」

しばらくあのまま頭を撫でてエムルハルト様を独り占めしたあと、ベッドから毛布《もうふ》を運んでソファーで寝かせた。あれだけ動かしても起きなかったのだから、さぞグッスリと寝ていたに違いない。

顔を合わせていきなり昨晩のことを謝られたが、むしろ謝らなければいけないのは私である。

「私こそ、申しわけございません」

「なにがだ?」

「え、えぇと……その」

エムルハルト様を堪能していましたなどと言えるわけがない。さすがに如何わしい行為などはしていないが、頭を撫でたという事実は変わらないのだ。

「まぁ良い。今日もおいしそうなメニューだな」

「あ、はい。焼き魚とご飯、お味噌汁《みそしる》の組み合わせで、東の国をイメージしたものになります」

「シャインは世界中の料理を作れてしまうのだな」

「お父様に習いましたから」

「そうか……さぞ良い親子関係だものな」

寂しそうにしているエムルハルト様を見て、彼の昨日の寝言を思い出した。

「嫌なユメでもみていましたか？」

「あぁ……そうだな。まさか、俺がなにか寝言で」

「バッチリ喋っていましたね……」

「なにを言っていた？」

「母上、父上、殺された、誰も信じたくない、でも信じたい、俺はどうしたら……と」

寝言のあとにしてきた仕草は言わないでおく。まさか無意識とはいえ私をギュッと抱きしめてくれたなどと言ってしまえば、今後ティータイムに誘われなくなってしまう。

そんな気がした。

「そうか……」

エムルハルト様が顔を落としながら悲しそうにしている。それも今までにないほどの表情で。これは、もはや実際の出来事が再現されたユメだったのではないだろうか。

「もしかして、寝言で話されていたことは、事実なのですか」

「……あぁ。俺はこのとおり情けない男なのでな。母上や父上が殺された件は、表向きには黙っていてほしい」

これでようやくエムルハルト様のことが少しわかった。

なぜ急に冷酷無愛想公爵と呼ばれるようになったのか。

なぜこの公爵邸に私とゼガルさん以外誰もいないままなのかが……

「誰にも話しません。それに、エムルハルト様は情けないとは思いませんよ」

「そんなことはない。俺など人間不信に陥ったまま前に進めない、ダメ公爵だ」

エムルハルト様はなんらかの事件に巻き込まれて両親を失ってしまった。今までの会話から推測すると、エムルハルト様も私と同じように両親に対して絶大な信頼か愛をもっていたのだろう。

当時の年齢から考えたら、両親を失った気持ちは計り知れない。

もしも私の両親が今急に亡くなってしまったら、しかも誰かに殺されてしまったとしたら、エムルハルト様のように誰も信じられなくなりそうな気がする。

だが！

私は、エムルハルト様が自虐的《じぎゃくてき》な発言をしたことに対してイラッとしてしまった。

「エムルハルト様はダメ人間ではありません！」

「ふ……俺は噂どおりの冷酷無愛想公爵だ。あの日以来、人間を避けてきたのだからな。それに……」

「でも」

「両親が他家の誰かに殺されて、俺は全員を信じられなくなった。ゆえに長年仕えてくれていて両親と深い仲であったゼガルと、シャインの父親であるスコーピン伯爵しか信じられなかったのだ」

「お父様……？」

「あぁ。俺が小さいころ、スコーピン伯爵は王宮で料理人をしていたのだよ。領地管理をしながらな。知らなかったのか？」

「知りませんでした」

お父様は過去の話はあまりしない主義だ。お父様は決して武《ぶ》勇伝《ゆうでん》などを語ろうとはしないし自慢話もしない。

いくら貴族が平民のように仕事を行うことが増えてきたとはいえ、過去にすごい功績があったからこその料理店だとは思っていたが、想像以上だ。

「ひとまず、いただいて良いか？　冷めてしまう」

「あ、申しわけありません」

このような話をしたあとでも、エムルハルト様はいつものようにモグモグと食べてくれる。その様子を見ていると、私のさっきまでのイラッとした気持ちも浄化されていくようだ。

だが、今回のことについては物申したいことがある。あとでしっかりと言わなければ。

「うまかった」

「ありがとうございます」

いつものことだが綺麗に食べてくれて、作りがいがある。

「魚の骨は残してしまった。すまない」

「いえ、これは残して良いのですよ。むしろ食べて喉に骨が刺さったら危険です」

「骨がもったいない……」

無駄に悔しそうにしていたため、『焼いてカリカリにすれば食べられます』と提案したら、頼むと言われた。魚の骨をカリカリに焼いて塩をさらにかけたものを提供する。

背骨まで全て綺麗に食べてくれたことは嬉しかった。

「骨もうまかった」

「焼いただけですので、誰でも同じようにできますからね」

「うまかった事実に変わりはない」

こんなに優しい言葉をかけてくださるエムルハルト様を、どう見たらダメ人間だと言えるのだろうか。少なくとも、私はそんなふうに見ることなどできない。

「エムルハルト様は、怒りっぽいところはありますけど、優しくて頑張り屋で冷酷なんかではありませんからね」

「…………」

「まだまだエムルハルト様の良いところはいっぱいあると思います。これからもいっぱい見つけていきたいなって思っていますから」

「……なにが言いたい？」

「エムルハルト様はダメ人間ではありません！　もう自分のことをそんなふうに自虐しないでください！」

かなり強めの口調で言った。たとえこれで大きな怒りを買ってしまい解雇になったとしても、それでも言いたかったのだ。

私はエムルハルト様本来の人柄を見て、いつの間にかどうしようもないほど彼のことが大好きになってしまった。ダメ人間などと自虐されたことがどうしようもなく悲しい。

「俺は冷酷な人間なのだぞ？」

「本当に冷酷なら、今ごろエムルハルト様は怒ってその辺の食器類をばら撒きます。ソルドが来たときも私のことを気に掛けないでしょうし、私のこともとっくに解雇していますから」

前例として、私が用意した料理を、ソルドは食べずに食器ごと吹っ飛ばしたことがある。あの時は悲しかった。

「それはさすがに冷酷すぎるだろ！」

「私は雇われている身分です。主人に対して文句を言っているのに、しっかりと聞いてくれているではありませんか！」

「あたりまえだ！　どれだけシャインのことを好きだと思っている!?」

「知りませんよそんなの！　……って、はぁぁぁあああい!?」

とんでもないパワーワードを聞いてしまい、私の怒りのうっぷんが一瞬にして消滅した。

同時に、あまりにも唐突ですぐには信じられず、冗談なのか言い争いを宥《なだ》めるための発言かとも思ってしまう。

「いや、すまない！」

そう言ってエムルハルト様は食堂から出てしまった。私は茫然と立ち尽くし……静まり返った食堂内には自分の心臓の鼓動が鳴り響いていた。

◇

エムルハルト様は昼食をいつもどおりに食べていた。しかしながら、朝の発言に関してなにも言ってこない。

いくらがめつい私でも、この件に関しては聞き返すことができないでいた。

と、いうのも冷静に考えてみて、エムルハルト様が私のことを恋愛的に好きだと確信が持てない。むしろそうじゃなくて、私が作った料理が好きと言ってくれたような気がしたのだ。

私がエムルハルト様のことを意識しすぎているせいで、都合の良いように聞き間違えた可能性もある。

あーモヤモヤする！

エムルハルト様のことを考えれば考えるほど、心臓が締めつけられるように苦しい。

だが仕事はキッチリとこなした。食事の準備をして後片づけもきちんとする。昼の休憩中にはすっかりハマってしまったお菓子作り研究チャレンジ。毎日お菓子を食べてしまって太りそうだ。

そして夕食時。エムルハルト様はいつもどおりにおいしそうに食べている。

「うまかった」

「ありがとうございます」

うん。やっぱり私の勘違いだったかな。浮かれないように気をつけなきゃ。

「この野菜スープもどうやったらこんなにうまく仕上がるのか」

「もっとおいしくする方法もありますよ」

「ほう。なにか足りないものがあるなら言ってくれ。ゼガルにも伝え、用意させよう」

私にはここへ住み込みで働きはじめたころから気になっていたことがある。新米だったし公爵邸のことに首を突っ込んではダメだとブレーキをかけてきていた。

だが、エムルハルト様とゼガルさんの健康のためにも提案したほうが良い。幸いにも味に関して興味を持ってくれているし、せっかくだから提案することにしてみた。

「庭の一部を使って野菜を育ててもよろしいでしょうか？」

「は!?」

エムルハルト様が大きい声を出した。あちゃー、やっぱり厳しかったかな。

でも、私はできるだけ要望が通るようにお願いしてみた。

「もちろん難易度の高い作物は無理かと思いますが」

「本気で言っているのか？」

「本気です」

「そのような仕事を与えた覚えはない」

　エムルハルト様は反対しているようだ。

　だが、私もここでの生活に慣れた。この時点ではまだ引き下がるつもりはない。二人により健康な食事が摂ってもらうために！

「よりおいしいものを作れますよ」

　少しだけ真実とは違うことを伝えた。ごめんなさいと思いながらも。

　エムルハルト様は健康を度外視する傾向があるため、なによりも健康のためにと伝えたら全てがパァになる。

　でも、おいしいものを言いつつも健康のこともなんとか伝えよう。

「どういうことだ？」

「街で売っている野菜よりも、直接収穫した野菜のほうが鮮度が良いでしょう？　鮮度が良い野菜の方が、よりおいしく食べることができるのです」

　上手い具合に説明することができたのではないだろうか。エムルハルト様が顔をピクリと動かし反応した。よし、もうひと踏ん張りだ。

「少しでもおいしいものを作りたいんです。そのためには、いくつかの野菜はここで収穫できるようにしたくて」

「すでにうまい。無理をしてまでは望まないが」

「それでも、もっともっとおいしいものを目指して、挑戦したいのです！」

これは本心だ。料理に限界などない。私はほんの少しだけでも、よりおいしいものを作れる可能性があるならば、挑戦したい。

「やはりダメだ」

「え……？」

「ダメだと言った」

この流れでも断られてしまった。冷酷なようにも見えるが、エムルハルト様がこういうときは、必ず理由があるはず。

「失礼ながら、ダメな理由をお伺いしても……？」

「……シャインが大変なことになるだろう」

「へ？」

「俺もゼガルも野菜の育成はできない。シャインが全てやることになるのだぞ」

「そうですが、大変というのは？」

「余計な仕事が増えてしまう。シャインにこれ以上の重労働を与えるわけにはいかない」

たしかに最初は準備がたくさんあって大変だとは思う。

でも、土を耕して肥料撒いて種を撒いたら、あとは毎日水やりをする程度で育つような野菜を考えていた。それくらいなら大変ではないから。

「別に重労働というほどではありませんよ」

「やはりダメだ。それに……」

「それに？」

「夜のティータイムに支障が出るかもしれない」

「と、言いますと？」

「もうすぐ、二年ほどため込んでいた山が片づくから、俺の仕事量も通常に戻る。そのときに忙しすぎてシャインが相手をしてくれないのは……」

「ふぁ!?」

無表情の真顔のままで私の胸をグサグサ刺すような発言は勘弁してほしい。嬉しいけれど、心臓をいじめられて身体が保ちそうにない。

「それに、シャインには無理をしないでほしい。野菜を育てるのは簡単なことではないだろう？かなりの労力が必要なはずだ」

エムルハルト様の声色は低音で怖さも秘めているが、その中にもどこか優しさや気遣いのようなものも含まれている。

「ただ、おいしいものを提供したいと……エムルハルト様とゼガルさんの健康を考えての提案でしたが……」

「シャインの料理や味に対する意気込みは良く理解している」

「では……」

「だが、やはりダメだ」

「そうですか……」

　ここまで頼んでもダメと言われてしまったら諦めるしかない。今できる範囲で頑張っていけば良いのだから。

「ただし、シャインが野菜を育てるのは大変だからダメと言っただけだ」

「どういうことですか？」

「俺も変わらないといけない……野菜を育てることもできる庭師を、新たに一人住み込みで雇うことにする」

「私の要望のために、そんなことまで良いのですか？」

「前にシャインを見習わねばと言っただろう」

「エムルハルト様、見習うとはどういうことでしょう？」

「……俺は臆病《おくびょう》で恐がりなんだ」

　エムルハルト様の過去を知ったあと、今日の一緒に食事をする中で、ゼガルさんに教えてもらったことがある。両親が殺されてから、エムルハルト様の性格は激変したらしい。無理もない。

　それでも、エムルハルト様本人は今のままではいけないと、変わろうと頑張っているようで、それでも一歩踏み出すのが恐いのだとも言っていた。

　なんとか、エムルハルト様の力になりたい。私はそう思っていた。

「シャインの知り合いの中で庭師ができそうな者はいるか？　シャインが信頼している者であれば、貴族でなくとも構わん」

「私の知り合いですか？」

「あいにく、俺には信用のできる者などほとんどいない。だが、シャインにとって信頼できる者であれば、俺も信じてみようと思う」

「なかなかの責任重大案件ですね……でも、ひとり、幼馴染《おさななじみ》の女性ですが心当たりがいますよ」

「そうか。その者に声をかけることは可能か？」

「はい。ですが、彼女はすでに結婚していて、夫婦で常に一緒にいたいといったような新婚ホヤホヤです。一人住み込みで働くのは難しいかと……。できれば、彼女の夫にもなにかお仕事を与えていただくことはできませんか？　もちろん、彼も私にとって信頼できる人です。二人で一緒に働ける環境ならば、喜んで来てくれると思います」

私には幼馴染《おさななじみ》が、ソルドの他に二人いる。

その二人は小さいころから仲が良く、今年めでたく恋愛結婚をした。私が生きてきた中で、家族の次に深いつき合いがある。十分過ぎるほど信頼できる相手だ。そのことも詳しく説明した。

「——ですから、ソルドには幼馴染《おさななじみ》だからといって身分が違うのだから、もう相手にするなと良く言われていましたけどね、そんなこと全く関係なく、私とその二人とはとっても仲良しなんですよ。……はっ！　またこんなに長々と……申しわけありません」

「シャインは好きなことになると話が夢中になるよな。シャインが口調を崩して喋ることのできる二人の幼馴染《おさななじみ》か……ぜひ声をかけてもらいたい」

「承知しました。ありがとうございます」

「顔が赤いぞ。大丈夫か？」

「ふぇぇえええ……そんなことはありませんよ！　今日も元気です！」

私のことをとても気にして心配してくれるエムルハルト様のことが好きでたまらない。この感情を抑えようにも無理がある状況になってきていた。

第三章

私は久しぶりに幼馴染《おさななじみ》の家を訪ねていた。

「久しぶりだねー、リゼ！　ごめんね、いきなり押し掛けちゃって」

「来てくれて嬉しい！　上がって」

「お邪魔します。あ、これお土産のクッキー」

「ありがとう～！　お菓子なんて久々だわ！」

袋に詰め込んだクッキーを渡すと、リゼはこれでもかというくらいの満面の笑みを浮かべてくれた。

「トムは？」

「仕事よ。社畜《しゃちく》状態だから、帰ってくるの遅いかもしんない」

「あら……」

「アタシといる時間もなくなっちゃって、しかも雀《すずめ》の涙の給金だし、とっとと辞めて、頼み込んででも王宮に仕えれば良いって言ってるんだけどねー」

リゼの夫――トムは男爵位を有しているものの領地などはなく、今は民衆街で仕事をしながら過ごしている。トムは真面目だし責任感が人一倍強いから、リゼのことを支えようと必死になっているのかなと予想した。せっかくの新婚生活でも、あまり良い状況ではないのかもしれない。

　そんな話をしつつリビングに案内され、ソファーに座るよう促される。

「シャーちゃんは紅茶で良い？」

「うん」

「アールグレイが好きだったっけ？」

「うん♪　あるの？」

「結婚祝いでもらったやつがあるから、それを用意するよ」

「良いの？」

「良いよ良いよ。アタシもだーりんもコーヒーのほうが好きだし。紅茶が大好きな人が飲んでくれたほうがこのお祝いも報われるでしょ？」

　そういうことならば、遠慮なくいただくことにしよう。紅茶とコーヒーをテーブルに並べ、リゼも正面のソファーに腰掛けた。

　こうして話をするのも久しぶりだし、近況報告も含めて世間話をしてしばらく楽しんだ。リゼがクッキーを食べながら大喜びしているのを見て、私も嬉しくなる。

「シャーちゃんがバカソルドと離れたことは風の噂で知っていたけれど、まさかあいつがシャーちゃんを捨てたなんてね。なに様のつもりなんだ、あのバカ！」

「まぁ、私もウンザリしていたし、気にしていないけれどね」

「バカソルドのやつ、もったいないことをしたなぁって思うわ。シャーちゃんより良い人なんていないって」

「さすがに大袈裟だよ」

「別に盛ってない、アタシの胸みたいに」

「そこ、聞いてないから！」

「だーりんは、大きいほうが好きみたいだからね。まだまだ育成しないと！」

「もう、その話はおしまい！」

リゼとのノリの良い会話は好きだけど、女同士になると時々限度を超えるから注意が必要だ。

「で、シャーちゃんったら今はあの、エムルハルト＝クノロス公爵様のところで住み込み料理人をやっているなんて……呆れたわ」

「……やっぱりそうなるよね」

未婚の男性が住む屋敷に貴族令嬢が住み込みで働いているなんて、どう思われるか覚悟はしていた。今の生活を満喫《まんきつ》しているし、弁解するつもりもない。

でも、いざその現実に直面すると少しへこむ。

ところが、私が苦笑いしたところで、リゼが急に頭を下げて謝ってきた。

「ごめん。言い方が悪かったわ！　アタシが呆れたって言っている相手は、シャーちゃんじゃなくてソルド。あいつ、本当に大事な人を失ったなって思っただけ」

「ん？」

「だってそうじゃん。ソルドは最後まで気づかなかったけど、あれだけ人を避けているって噂の公爵様が、シャーちゃんを料理人に誘ったってことは、それだけ魅力があるってことじゃない！　で、シャーちゃんも彼に惚れてんの？」

「んがっ」

思わず口の中に入っている紅茶を全部テーブルにぶちまけるところだった。動揺を隠せていない私を見て、リゼは大笑いしていた。

「やーっぱり！　やっとシャーちゃんも青春まっただ中になったんだねぇ」

「エムルハルト様ってとっても優しいし、噂のような冷酷無愛想公爵じゃないんだよ」

「ほうほう。もう名前を呼ぶ仲なんだね」

「げほっげほっ。からかわないでよ」

「アタシだってシャーちゃんの恋バナを聞きたかったんだよ。アタシは応援してるから」

リゼが嬉しそうにカップを手に取る。

たわいもない雑談をしながら、婚約解消の話になり、再びエムルハルト様の話に戻った。

「婚約解消されてからそんなに日も経ってないし、エムルハルト様のことを好きになっちゃったなんて話せるのって、リゼとトムくらいだよ」

「別にそんなの関係ないじゃん。それに、シャーちゃんの選んだ道だったらどんなものでもアタシは応援するよ」

「ありがとう」

「それにシャーちゃん、前会ったときより明るくなったねぇ！」

「そう？」

「前はアイツにウンザリして表情もげっそりしていたからね。アタシがボケても、全然ツッコんでくれなかったし。公爵様に元気づけられたと見た！」

リゼは私のことをどこかで監視していたのかと思うくらいにズバズバと当ててくる。

「ところで、シャーちゃんのことだから、なにか話があるんでしょ？」

「良くわかったね」

「なになにー？　もう公爵様と交際が決まったーとか？」

「違うよ。トムとリゼが良かったら……なんだけど、公爵邸で住み込みで働いてみないかっていうお誘い」

「ぶふぅぅぅぅううううっ！」

リゼは飲んでいたコーヒーを盛大に吹き出してしまった。どうやら、私の提案はさすがのリゼも予想外のことだったらしい。

「アタシとだーりんも公爵邸でって……どゆこと？」

「リゼには庭師として、トムには使用人として働いてもらえないかなと思って。リゼって昔から庭の手入れや家庭菜園が得意だったでしょう？」

「まぁ、趣味の範囲だけど、得意だったわね。最近は全然やれてないけどね」

「自家製の野菜を使って料理したいなって思って、公爵邸に家庭菜園を作ることを提案したんだけど……エムルハルト様は私がその管理をすることに関しては反対していてね」

「なんで？」

「料理以外に仕事をするなんて、重労働だからダメだって」

「あのさ、話を聞いてると両想い確定じゃん」

「そんなことはないと思うけど……」

リゼは私とエムルハルト様の話題にすぐ戻そうとするから、こちらも遠慮なく本題に戻そうとしたが、リゼの勢いが止まらない。

「ははぁーん？　今以上に忙しくさせたくないなんて言って、ただシャーちゃんと一緒にいたいって魂胆《こんたん》だな！」

「ふぅえええ⁉」

「いやぁー好かれているねぇ！　むしろ溺愛か⁉　シャーちゃんがやっと報われてくれてアタシも嬉しいよ。でもねぇ……」

リゼが残念そうな顔をしながら首を横に振った。

「今は無理かもしんない。だーりんの仕事、辞めるって言ってすぐ辞められるような環境じゃないみたいだし……」

「そっか……」

「公爵邸で働けて、しかも仕事内容が庭師と使用人でしょ？　アタシにとっては願ってもないことなんだけど、だーりんと離ればなれになってまではできない」

リゼの意志の固さがしっかりと伝わってきた。リゼは、自分自身の希望よりも、トムと一緒に過ごす時間とトムの意向を第一に考えている。

　タイミングが悪かったようだ。またトムの仕事の状況が変わったときに声をかければ良いかと思っていたのだが……

「ただいま。あれ？　シャイン様？」

「久しぶりだねぇ、トム。お邪魔しているよ」

「あぁ……」

　トムがゲッソリとした表情をしながらリビングへ入ってきた。以前会ったときより明らかに体格も細くなっていて、まるで別人のようになっている。

「大丈夫……？」

「ダメかもしれない」

「だーりん！　どうしたの？　なにかあったの⁉」

「あぁ……シャイン様がいる前だけど、ごめんリゼちゃん！」

　いきなりトムが土下座《とげざ》の体勢になる。これはただごとではなさそうだ。

「仕事場、明日から来なくて良いって言われてしまった」

「つまり？」

「クビになっちゃった……ごめん！　この先なんとかして新しい仕事を――」

「よっしゃぁぁぁぁあああああ！」

　リゼが満面の笑みを浮かべながら叫んだ。私も若干引いてしまうほどに。トムは理解できていないようで、そのまま固まっていた。

「じゃ、シャーちゃんとこ行こう！」

「はい？　シャイン様のって……」

「あ、ちゃんと説明するから」

　リゼが、さっきまでの会話を詳しくトムに話してくれた。トムはそれを聞きながら、『助け舟だ……』などと泣きながら喜んでいたのだった。

◇

「ほほほほほほ……本日よりお世話になりますトムとももももっもうしますっ！」

「シャイン＝スコーピン様よりご紹介いただきました、リゼと申します。どうぞよろしくお願いいたします」

「エムルハルト＝クノロスだ。よろしく頼む」

　トムとリゼの引越し作業はあっという間に完了し、さっそく公爵邸に一緒に住むことになった。

　急なことだったため事前の顔合わせはなく、今日初めて挨拶のために、エムルハルト様と二人が顔を合わせをしているのだが、さっそく大変だった。

「トムは相変わらずだね。でも、大丈夫だよ」

　私は小声でそっとトムの背中を押す。そこまで硬くならなくて良いんだよって思いも込めて。

「くくく……クノロス公爵様の前だから……リゼちゃんが平然としているほうがおかしいんだって」

ふとリゼのほうを振り向いてみたが、さすがに少し緊張しているようで、若干武者震いをしているようだ。

「リゼ殿には庭の手入れと野菜作りを、トム殿には使用人として働いてもらう」

「はい」

「は……はひ！」

「そう、かしこまる必要はない。主従関係はあるようでないと思って、気軽に話しかけてもらいたいと思っている」

実は今回、二人を住み込みで雇ったのには二つの目的がある。ひとつはもちろん、野菜作りをしてもらうこと。もうひとつは、人を避けてきたエムルハルト様の性格改善だ。

トムとリゼは私の幼馴染《おさななじみ》で信頼できる人だ。二人ならばエムルハルト様に酷いことをするはずもないし、一緒に過ごす中でエムルハルト様も人と接することに慣れていけるかもしれない。

だからこそ、主従関係を重視して過ごすよりも、ある程度フレンドリーに接して欲しいと私からもあらかじめ伝えている。エムルハルト様の過去の出来事については伝えていないが、二人は『無愛想って噂、本当は人見知りってだけなの？』なんて良いように解釈してくれた。

そして、こちらの希望に答えてくれたのはリゼだった。

「本来は旦那様やご主人様と呼ぶべきでしょうけど、別の呼び方でも良いのですか？」

「かまわない。さすがに客人がいるときだけは職務にのっとった口調をお願いしたいが」

「じゃあ、クノちゃんって呼ぶのはさすがに失礼だから、普段はクノ様って呼んでも良いです？」

「あぁ」

　さすがリゼだ。相手が誰であろうとも、希望どおりの応対をしてくれる。私もエムルハルト様に対して、もっと打ち解けるようにならないとなぁと勉強になる。

　いっぽう、やはりというか、トムはそうはいかなかった。

「公爵様に対してそのような恐れ多いことなどっ……せせせ……せめて、クノロス様と……」

「あぁ、かまわんよ」

「クノロス様！　この度はボクたちに仕事を与えてくださり……ありがとうございます！　精一杯頑張りたいと」

「いや、礼はシャインに言ってくれ。俺はなにもしていない」

「そんなことはありません。快く私の幼馴染《おさななじみ》を受け入れてくれたのは、エムルハルト様ですから、ありがとうございます」

「礼を言うのは俺のほうだ」

　エムルハルト様が一瞬だけ私に微笑みかけてくれた。私は嬉しくてすぐにデレッとしてしまう。リゼがその瞬間を見逃すはずがなかった。

「ふっふーーーん？　なるほどなるほど」

「な、なにか？」

「別になんでもない。シャーちゃん可愛いなって」

「んぐぅ……」

「改めてこれからよろしくね」

「うん」

今まで公爵邸はエムルハルト様とゼガルさんと私の三人だけで、広々とした空間を持て余していた。これからは賑やかな毎日になりそうだ。そんな気がしていた。

◇

「うっまーーーーーーー！　シャーちゃんの作ったミネストローネ？　女神様からの恵みみたいな味なんだけど！」

「リゼって女神様から恵みを授かったことがあるの？」

「うん、今」

「私、女神じゃないから」

予想どおりというか、さっそく賑やかになった。

前々からエムルハルト様が提案してくれてはいたのだけれど、今回リゼとトムが公爵邸に加わったということで、食事は基本的に全員で食べることになった。

リゼとトムは新婚だし、二人だけのほうが良いのではと聞いたのだが、エムルハルト様が二人に慣れて打ち解けるようになるまでは一緒に食べるという選択をしてくれたのである。

　彼女たちの気遣いがとても嬉しい。

　しかし、さすがリゼだ。早くも慣れてしまったようで、リゼは普段通りの明るさで食卓を賑やかにした。

「リゼちゃん、少しは遠慮してよ……」

「だって、おいしいもんはおいしいんだから！　ね、クノ様だってシャーちゃんの料理を食べててそう思うでしょう？」

「あぁ……リゼ殿が女神だと評するのなら、シャインの料理は……女神の中の女神級だと思っている」

「それってあんま変わらなくないですか？」

「リゼ殿がいきなり最高クラスの誉め言葉を言うからだろ！」

「あ、クノ様もツッコむんですねぇ！」

　私は顔を真っ赤にしながら下を向いて固まった。最近のエムルハルト様はやたらとベタ褒めしてくれるし、心臓にグサグサ刺さるようなことを平気で言ってくるようになった。

　ゼガルさんはとても嬉しそうにしながら黙々と食べていた。

「久しいな……」

「どうしました？」

「皆で賑やかに食べるというのも何年ぶりだろう。シャインの料理が一層おいしい気がする」

「みんなで食べると楽しいですからね」

「あぁ、そうだな。トム殿もあまり遠慮することはない」

「そそそ……そんなこと言われましても……ボクはリゼちゃんみたいには」

「緊張しなくとも良い」

エムルハルト様がそう言うと、トムもほんの少しだけ、震えがおさまったのかようやく食べはじめた。

「リゼちゃんとはまた違った味でおいしい……」

「ありがとう」

「だーりん、はっきり言って良いからね。アタシ、料理って下手なのに、おいしいおいしいって食べちゃうから……」

「そんなことないよ。リゼちゃんはボクの帰りを待って一生懸命毎日ごはんを作ってくれているし、助かっていたんだよ。いつもありがとう」

「ひゃ……だーりんったら……」

リゼが顔を真っ赤にしながら両手を頬にあてている。久しぶりにリゼのデレ姿を堪能させてもらおう。かわいい。

「あーそうだ、明日から早速、庭の手入れと野菜を育てるための土づくりとかを始めるんですけど。本当に全部お任せで良いのですか？」

「あぁ、かまわない。俺からの要望は特にない。野菜さえ育ててくれれば、庭は好きなようにいじってくれてかまわない」

「ふふっふ～。こんなにおっきな庭だったらやりがいがあるってもんよ。でも、少し予算が」

「必要なものはゼガルに言ってくれれば大抵の物は揃えられる。トム殿にはゼガルの仕事の一部を色々と覚えてもらうから大変かもしれないが」

「ボクはなにがあっても頑張ります！」

「ふ……シャインの周りは楽しい者たちばかりなのだな」

公爵邸に来てから二人の雰囲気もより一層明るくなったような気がする。

私がどうこうじゃなくて、エムルハルト様の器の広さと優しさがそうさせてくれたのではないか。

私はそう思っていた。

◇

リゼとトムが公爵邸の一員になってから時間が過ぎ……

「ほう、おいしさがこんなにも増すのか……」

「なんというか、女神の域も越えちゃってるよ……」

「こんなにおいしい野菜炒め初めてだよ」

「いやはや……もはや頭があがりませんな」

嬉しい意見をありがとうございます。と、思いつつこれは全てリゼのおかげである。彼女が一生懸命に育ててくれた野菜の一部が収穫できたため、さっそくその野菜を使ってごはんを作ったのだ。

「リゼが頑張ってくれたおかげだよ。採れたての野菜でごはんを作れたからね」

「いやー、シャーちゃんに褒められるとさ、アタシって天才なのかなって思っちゃうじゃん。まぁでも、やっぱりシャーちゃんの料理の腕前だよ」

　リゼは恥ずかしがりながら頬を掻いていた。私もつられて同じような動作をしてしまう。

「ところでさ、せっかくこんなにクノ様も馴染んできてるんだしさ、人見知りもマシになったんじゃない？　そろそろお茶会を開くのはどうかな？」

「お茶会……か」

「シャーちゃんの料理を提供したらさ、みんな絶対喜んでくれると思うんだ」

　リゼがちょっと無理がありそうなことを提案してきた。

　エムルハルト様の事情を知らないからこその提案だとは思う。

　貴族がお茶会を開くというのはあたりまえのことだし、人見知りの改善には夜会への参加よりもお茶会が向いている。両親を失ったトラウマを乗り越えるために努力をしているエムルハルト様だが、さすがに不特定多数の貴族を迎え入れるのはまだ早い気がした。

　ちらりとエムルハルト様を盗み見る。

「だーりんと繫がりが深い人だけにしちゃえば、変な奴は来ないからさ」

「ほう……」

「え？　でもリゼちゃんの思っているような人たちって……」

「大丈夫でしょ。クノ様って階級を気にしないで受け入れてくださる優しい人じゃん」

「俺は構わんが。……むしろ俺のためにすまん」

エムルハルト様の寛容さがすごい。

冷酷無愛想のイメージなど、もはや完全に消えている。今となっては無愛想だったころのエムルハルト様が懐かしく思えてしまうほどだ。なぜか私もお礼が言いたくなってしまう。

「二人ともありがとう」

「シャーちゃんの料理があってこその提案だから。それにクノ様が良い人だって皆に知ってもらえたら嬉しいじゃん。ま、シャーちゃんの料理に惚れちゃう人もいるかもしんないけど」

「なんだと!?」

エムルハルト様の冷酷な表情ふたたび。なんだかひどく慌てているようだ。怒るような話はなかったと思うんだけど……

「男子禁制だな。招待客は女性にするか」

冗談だろうなと思いつつも、私は心配になってしまった。

エムルハルト様はとんでもなく美形で世の女性を虜《とりこ》にできるほどの魅力がある。彼のことは好きだけれど私のものではないし、将来の相手を選べるのはエムルハルト様。ここで、それはダメですなんて言ったら気持ちがバレてしまいそうだし、どうしたら良いものか……

リゼが私にニヤリと顔を向けてきた。

「そんなことを言ったら、クノ様はハーレムがお望みのように見えますけど?」

「バカなことを言うな。俺は好きな相手に好かれたいだけだ」

「んはっ……」

今の言い方だとエムルハルト様には好きな人がいるようだ。私じゃないのは当然として……

「はぁ……クノ様も見せつけてくれますねぇ」

「ボクたち、ほんとにここへ来て良かったのかなぁ」

ゼガルさんも意味深な表情を浮かべていた。

「ほっほっほ、若さゆえですな」

みんなは楽しそうにしているが、私だけモヤモヤしている。

エムルハルト様に好きな人……もしもエムルハルト様に恋人ができたら、独身の私は住み込みで働くことができなくなってしまうのでは？

だからと言って、今さら誰かと結婚することは考えられない。すでに私はエムルハルト様しか見ていないのだから。

そんなことを悩んでいる間にも、お茶会の話はどんどん進んでいった。

「んで、アイツは招待する？」

「…………」

「シャーちゃん？」

「あ、ごめん。あいつ？」

「バカソルド。敢えて招待してさ、シャーちゃんがラブ……こほん、楽しんでいる姿を見せつければ、さすがにアイツだって諦めるでしょ。まだしつこいんでしょ？」

「まぁ、そうだけど」

実のところ、ソルドから会いたいだの話がしたいだのと手紙がしつこいのだ。

ほぼ毎日のように届いているし、何度か直接やってくることすらあった。さすがに門番たちにも申しわけないし、エムルハルト様にも迷惑がかかってしまっている。

そろそろ本気で諦めてもらうよう、なんとかしないとと思っていたのだ。

「心配無用だ。なにかある前に、俺が必ずシャインを守る！」

「ふぇ……」

またしても誤解を招くような発言を……身体中の力が抜けて、私は気の抜けた顔になってしまったに違いない。

「それそれ、そんな顔を見せつけてやればさすがに諦めるって。……たぶん」

どんな顔よ？　情けない顔で良いの？

だが、どんな状況でも諦めようとしないのがソルドの良いところでもあり、悪いところでもある。

少しでも諦めるようになってくれるのならば、お茶会に招待する意味もある気はするのだが。

「ソルドが来たら、エムルハルト様のそばにいてもよろしいですか？」

「当然だ。できればお茶会だけでなく……」

「え？」

「なんでもない」

リゼとトムは楽しそうに見てくるだけだった。

「もしものときはさ、シャーちゃんとクノ様でできる良い作戦があるんだけど。さすがにあいつも諦めると思う」

リゼはニヤニヤしながら、とんでもない作戦を提案してきたのだった。

◇

「さすがトム！　人望が厚いよね」

「みんな優しいからだよ」

トムが招待客を選んでくれたお茶会。

二十人ほど参加してくれた。お茶会としては、大規模なものになった。

庭には、テーブルを多めに設置してある。立食形式なため簡単なものがほとんどだが、料理も前日から仕込んだし、クッキーも大量に用意しておいたから足りるとは思う。

「エムルハルトだ……」

「お、お、お初にお目にかかります。ファー子爵が娘、ワンレレと申します。以後お見知り置きを」

「あぁ。よろしく、今日は楽しんでくれ」

「はじめましてっ！　セカンドル男爵家の長女でセカリーと言います。よろしくお願いいたしますわ」

「あぁ、覚えておこう」

予想どおり、主催《しゅさい》のエムルハルト様は大人気で、主にご令嬢たちがこぞって挨拶をしている。

パッと見るとハーレム状態のように見えなくもないし、妬いてしまう気持ちも全くないわけではない。

だがそれ以上に、エムルハルト様が少しずつ人との交流に慣れていく顔を遠くから眺めることができて、嬉しくなってくる。

「トム、ありがとうね。エムルハルト様がこんなに色々な人たちと会話できる機会を作ってくれて」

「ボクは呼んだだけだよ。それに、公爵邸でお茶会っていう理由で来た人もいるとは思うし……」

「でも、危なそうな人はいないでしょ？」

「それはもちろんだよ。そんな人を招待したらボクの立場も危うくなっちゃうし。それにリゼちゃんに怒られちゃうよ」

「アタシはもう怒ってるけどね。ほら、あそこ」

「あぁ……」

ソルドは公爵邸にやってきた途端、料理を手あたり次第食べ、どこかのご令嬢に挨拶をしていた。

止めにいこうかと思ったが、リゼに止められた。トムが厳選してくれた人たちだし、心配することもないとなだめてくれる。

それに、その人がソルドのことを気に入ることもなきにしもあらず。好きなタイプは人それぞれ。そのときは無理に止める必要なんてないのかな。

「あのバカも来たことだし、シャーちゃんはクノ様のところ行ったほうが良いよ」

「うん。あの中に入り込むのも大変だけど」

「はぁ……シャーちゃんの寛大さは見習わないとね。だーりんがあんなに囲まれていたら、アタシだったら我慢ならないわ」

「物理的になにかしそうだよね」

「さすがに殴ったり蹴ったりはしないから！　噛みつくかもしんないけど」

リゼだったら、もしもそんな場面になったら本当にやりそうなんだよな……まぁトムも普段はひょろひょろしていても、ここぞというときしっかりしているから大丈夫だとは思うけど。

私はリゼたちにソルドの相手を頼んで、エムルハルト様のもとへと向かった。

◆

「おーおーおーーー。まさかの幼馴染《おさななじみ》連中が来ているとはな」

ソルドはリゼとトムを発見すると、すぐに彼女らの元へと近寄っていく。

「久々ね、ソルド」

「ご無沙汰《ぶさた》しています」

「おいおい、俺は子爵なのだよ。お前らみたいに底辺貴族じゃないんだ。もっと敬えよ」

「ごめん、無理！」

「あぁ？」

ソルドもリゼの性格は良く知っているため、特に怒るようなことはしない。むしろ、自分よりも下の身分の者のあがき程度にしか捉えていなかった。

「招待状を見てなかったの？　今日は、階級は気にせず無礼講《ぶれいこう》で楽しくしましょうという目的のお茶会だし。会の趣旨には従わないとでしょ」

「ふ。まあ良い。幼馴染《おさななじみ》に免じて今日のところは許してやろう。俺は優しいのだからな。それに、今日俺がお茶会に参加した理由は別にある」

「また変なこと企んでるような目をしてるし。昔とは本当に別人よね」

「あたりまえだ。俺は偉い人間になったんだからな。威張るのは当然だ」

「そういうところ、クッソダサいから！」

「おいおいリゼちゃん……」

トムはリゼとは違い、身分を過剰に気にする傾向がある。いくら幼馴染《おさななじみ》とはいえ、ソルドに対して堂々とし過ぎているリゼのことを心配していた。

だが、リゼはソルドの発言にイラッとしてしまい、抑えることなどできなかった。

「だーりんは黙ってて。幼馴染《おさななじみ》として、最後に言ってやりたかったし」

「相変わらず態度だけはでかいよな。まぁ今日のところは趣旨に従って聞いてやるよ」

「昔みたいに、私たちと幼馴染《おさななじみ》として対等に仲良くする気はないの？」

リゼとて、ソルドのことを幼馴染《おさななじみ》だと思っている。身分など気にすることもなかった昔は、四人で仲良くしていたため、またそのような関係に戻れるならばという淡い考えで情けをかけたのだった。

「あたりまえだ。そうやって男爵夫人という立場でありながら、上の者と対等になろうとする考えは良くないぞ」

「じゃあ、もう良い。別にソルドとアタシらが無理に関わる必要なんてないわけだし。ただ、シャーちゃんに迷惑をかけたらアタシは絶対に許さないから！」

「あー、シャインのことか。大丈夫だ。今日、彼女と再び婚約するから。あいつも喜ぶだろう」

「は？」

「へ？」

トムとリゼは聞き間違えたのではないかと思った。諦めの悪いソルドとはいえ、お茶会当日に、しかも自信満々にそう言うものだから、耳を疑った。

「この日のために、俺は念入りに考えたんだ。シャインとどうすれば元どおりの婚約関係になれるかを。聞きたいだろ？」

「聞きたくはないけれど、一応聞くよ」

「ボクは耳を塞いでいても良いかな……ストレスが溜まりそうだし」

トムは両手で耳を塞ぐが、ソルドは嘲笑いながら続けた。

「トムも今後の夫婦生活がうまくいくための秘策になるだろうから聞いておけ。シャインは料理にやたらとこだわっていた」

「知ってる。シャーちゃん、料理が大好きだから」

「料理など、貴族ともなれば使用人に任せれば良い。料理スキルなど不要だ。だが……本人は己の実力がわかっていないから意地を張って料理がしたいと言っているのだろう」

「あん？　なに言ってんの？　ここの料理――」

　ソルドは自分の主張に一生懸命だったため、リゼの話を遮る。

「あぁ。金をかけて一流の料理人でも雇ったのだろ。この料理はどれも素晴らしく、普段のメシを食えなくなってしまいそうなくらいにうまい！」

「うん、だからこの料理は全部――」

「シャインもこれくらいの技術があるなら、俺は喜んで婚約を継続していたがな。ま、いくらここで料理人をやっていようがシャインには能力がないだろうし、わかってもらったうえでもっと良い待遇《たいぐう》を与えることにした」

　肝心なときにソルドは聞く耳をもたなかった。

　さすがにリゼもトムも呆れ果て、ついに幼馴染《おさななじみ》としてのつき合いも完全に終わらせようという考えにたどり着いたのだ。

「本当にアンタ、救いようのないバカだわ……さすがにもう無理」

「そうか。まぁ、俺はおまえらみたいな男爵ごときと馴れ合うつもりはない」

ソルドは言い争いにも身分的にも勝ったつもりで二人の元から去っていく。

その後、そこらじゅうのテーブルに乗っかっている料理をひたすらに食べた。

とにかく食べた。シャインが作ったものだとも知らずに食べた。

遠くからリゼとトムは呆れながら苦笑いをしていた。

「だーりんはよくもまぁ黙っていられたわね」

「うん。別にボクたちがどうこうしなくても、勝手に痛い目見るなぁって確信したから。言わせておけば良いよ。それよりも、リゼちゃんは優しいよね。最後に教えてあげようとしていたじゃん」

「まぁ……幼馴染《おさななじみ》の最後の情けというか。昔はあんなんじゃなかったのにね。爵位や名誉であんなに性格が変わっちゃうもんなのかな」

「そんなことないでしょ。シャイン様もクノロス様もボクたちに対して優しいじゃん」

どうしてソルドはこんなにも性格が変わってしまったのかと残念に思う反面、もう関係のない相手だと放置する覚悟もできていた。

ソルドとは真逆の性格をした、エムルハルトとシャインのことを前よりも人として好きになるできごとだった。

◆

「このたびは、ご招待いただき大変光栄でございます」

「あぁ」

ソルドが礼儀正しくエムルハルト様に挨拶した。立場が上の相手にだけは本当に驚くくらい人が変わるよな……

「ところで、そこにいるシャインとお話をしたいのですが」

「彼女に用があるならば、ここで話してもらいたい」

「へ？」

「別におかしなことは言っていないが？」

ソルドはどうしたら良いのか迷っているようで、目の動きが激しい。

私は、一歩エムルハルト様に近づいた。距離にして拳ふたつ分くらいで、これだけ広い場所では密着していると思われても不思議ではないくらいだ。

ソルドの機嫌が悪くなっていく。

「たしか、今日は無礼講《ぶれいこう》……ということでしたよね？」

「あぁ、だが彼女は私の家の料理人だ。彼女に話があるのならば、私を通してもらおう」

「では仕方ありませんな。シャインよ、やはり俺と婚約しよう。キミにとってもこれは非常にありがたい話になる」

「ん、無理」

私は即答で断った。ソルドには興味のかけらもないですと伝えるように、低い声で、冷酷な感じで。さすがにソルドも予想外だったのか、しばらく黙り込んだ。

「シャインは間違っているんだ。料理が一流ならば料理の道を目指しても良いかもしれない。だが、まだまだひよっこ状態ならば、妻としての立場をだな――」

「ほう、ソルド子爵は彼女の料理がたいしたことはないと？」

「当然でしょう。もちろん公爵様とてお気づきでは？　ここに出ている素晴らしすぎる料理と比べたらシャインの料理など食えたもんじゃないでしょう」

ソルドはゲラゲラと笑いながらそう言う。

知らないこととはいえ初めて料理で褒めてくれたのだなと受け止めておきつつ、私は頬を掻きながら苦笑いをしてしまった。エムルハルト様も手をおでこにあてながら呆れている。

「このテーブルに用意された料理、クッキーは全てシャインお手製のものだ」

「は？」

「さすがにワインや紅茶などは仕入れたものだが」

「またまたそうやってご冗談を」

「俺が冗談を言うような人間に見えるのか？」

ソルドは黙る。エムルハルト様が冷酷な表情を浮かべながら厳しい視線を送ったためだ。

周りにいたご令嬢たちすら、徐々にソルドに対しての目つきが変わっていく。

「わ、わかった。シャインが料理ができる女だということは理解した。料理しても良い。だから俺ともう一度婚約を」

「ん、無理」

「さっきと同じセリフかよ！」

「あ、無理」

「そういうことじゃねーよ。意味は同じだろうが！」

ソルドの言葉遣いが徐々に荒くなっていく。今回で本当に諦めてもらいたい。

だから、周りからどう思われようと、ソルドに納得してもらえるような冷酷さを貫いた。

だが、さすがソルドだ。まだ諦めていないようで、しつこすぎるくらいに何度も求婚してくる。

できれば公にしたくなかったが、最後の手段を使うしかない。

「私ね、彼に夢中だから、邪魔しないで」

「彼って……まさか」

「そ。エムルハルト様」

最終手段を使うことにした。

リゼから提案された作戦。

私とエムルハルト様が両想いで交際しています作戦！

この作戦を聞いたとき、さすがに躊躇して断ろうと思ったが、エムルハルト様はそれでも良いとあっさり受け入れてくれた。

あくまで演技……とは言っても本心ではエムルハルト様のことが大好きだから、私の気持ちに嘘偽りはない。複雑な気分だが、エムルハルト様の袖をグイッと両手で握った。

周りのご令嬢たちは驚き、ソルドは放心状態になっている。

「が……」

「もう彼以外のことは恋愛対象としても見れないし、政略的な縁談すらありえないから、諦めて」

「シャインよ。俺を破滅させるつもりか……？　俺はおまえと婚約しなければ子爵としての地位が……」

「ふうん。それが本音ね」

「あたりまえだ。こちとら恋愛ごっこなどする気などない」

おそらくソルドは父親からこっぴどく怒られたのだろう。自分の立場が危うくなれば、周りの状況などお構いなしになんでもする男なのだ。

しかも、元々が諦めの悪い性格をしているから、今回は特にたちが悪い。

「良い加減にするのだ！」

「な!?」

「己の地位や名誉のためにシャインのことを利用するだと？　ふざけるな！」

今まで見たこともないような勢いで、エムルハルト様はソルドを怒鳴りつけた。さすがにお茶会の会場全体がシーンとしてしまった。

ちょ、ちょっと待ったぁ！　声が大きすぎて、皆集まってきちゃったんですけど！

このまま話していたら、作戦が……

おそるおそるエムルハルト様の顔をうかがったが、見た者を凍らせてしまうような恐ろしい表情をしている。これが今まで噂されていた冷酷無愛想のエムルハルト様か。

だが、私は恐いとは全く思わなかった。むしろ、頼もしと思ったくらいだ。私のためにこんなに必死になって怒ってくれているのだから。

演技ではなく、無意識のままギュッとエムルハルト様のそでにしがみついてしまった。

「それは公爵様だって同じことでしょう？　自らの利益のために婚約相手やつき合う相手を選ぶものです」

「はっきり言おう。おまえみたいな性格や考え方をもった奴とは、どんなに利益があろうとも絶対に関わらない」

「は？」

「今回のお茶会も身分など関係なく集まってくれた者たちだ。これをキッカケに俺と関わってくれるなら、誰であってもこの縁を大事にする」

ソルドは信じられないといった表情を浮かべている。地位と名誉だけが全てのソルドにとっては、エムルハルト様の言葉など響かないだろうし、理解もできないだろう。

それにしても、あれだけ人づき合いを拒んでいたエムルハルト様がこんなことを言うなんて……少し驚いてしまった。

「もう一度言っておく。シャインを道具として扱う、利用するような発言をしたら絶対に俺が許さん！　俺の一番大事な人を侮辱《ぶじょく》するようなら覚悟しろ！」

あぁぁぁぁぁぁぁっ！

今は絶対に笑ってはいけない状況なのに、嬉しすぎてつい、ニヤニヤしてしまいそうだった。でも、大勢の前でそんなことを言われたら……

「クノロス公爵様の大事な人⁉」

「あのお方は噂で聞いていた、婚約解消になったというご令嬢よね？」

「まぁ、これは特大スクープですわぁ！」

あぁ、本当にエムルハルト様に対して申しわけない気持ちでいっぱいだった。

これだけ盛大に噂になってしまって、迷惑をかけてしまうなんて。

「エムルハルト様……申しわけって……へ⁉」

大勢の人がいる中、ぎゅっと抱きしめられた。

「これは演技でもなんでもない。俺の本心だ」

私は放心状態になっていたのか、このあとの記憶があやふやになっていた。

気がついたときには、ソルドは公爵邸から去っていた。

◇

お茶会が終わった夜、どうしても真相が知りたくてエムルハルト様の部屋を訪れた。

「突然申しわけございません」

「……ひとまず座ってくれ」

「は、はい」

いつもどおりにソファーに腰掛ける。

普段となにも変わらないはずなのに、やたらと緊張していた。

いまだにエムルハルト様が放った言葉が頭の中でモヤモヤしていた。エムルハルト様はそのまま私の真横に腰掛ける。なぜか、普段よりも距離が近い。

「言いたいことはあるだろうが、俺から先に話しても良いか？」

「はい……」

なにを言われるのか全く予想ができない。

ひとつだけ理解しているのは、エムルハルト様のあたたかい手が、私の左手と重なっているということだけ。

どういうつもりなのかもわからないが、この時間を大事にしたいとだけ思っていた。

「あの時は勝手なことをしてすまなかった。作戦と違って、俺たちの会話が多くの人の耳に入ってしまった」

「謝らないでください。私を助けようとしてくれたのですから」

「いや、正直助けたいというよりも俺の感情が先行した。その結果、シャインの気持ちを無視して、逃げ道を塞ぐようなことになってしまった。だから……」

そう言いながら手を離そうとしてきたエムルハルト様。私はその手をすぐに掴んで元に戻した。

「このままでいてください」

「わかった……」

しばらく無言が続いた。気まずいというよりも、ドキドキが先行している。

できればこのまま時間が止まって欲しいと思えるくらいに。

「前に好きだと言ってくれていたこと、覚えています」

「そうか」

「クッキーが好きなのかと思っていました……」

「クッキーも好きだが、シャインのことが好きなのだよ」

私は口を大きくあけたまま情けない顔をしてしまった。冷静に考えたら、私のことを好きと捉えられなくもない。

だが、あくまで私は料理長として働いているため、主人のエムルハルト様が私のことを恋愛対象として見てくれるわけがないと思い込もうとしていたのだ。

「申しわけございません……勘違いをしてしまっていて」

「ならばここで改めて言おう。俺はシャインのことが好きだ。嘘ではないぞ……料理が上手いというのももちろんだが、それよりも、俺にとっては初めてだったのだよ……家族以外の者にここまで心を動かされて、安らぎを感じたのは」

エムルハルト様が真剣に言ってくれたのだから、すぐに返事をしなければ。

私の気持ちなど、もう隠す必要などない。我慢する必要もないのだから。

「エムルハルト様のことが好きです」

「嬉しくて倒れてしまいそうだ……」

「今回は倒れないでくださいよ！」

「努力する……俺と、交際してくれるのか？」

「嬉しいです！　あ、でも、一つだけお願いがあります。もう、自虐的《じぎゃくてき》なことは言わないでくださいね？」

「わかった。肝に銘じておこう」

　こんな嬉しいことがあって良いのだろうか。好きだと思う相手に告白されてしまった。

　しかし、そうなると気になることがある。

「あの……エムルハルト様？　私、このままここで料理長の仕事はしたいのですが……」

「解雇するわけがないだろう。主従関係はともかく、ここで料理はずっと続けて欲しい」

「良かった……」

「本当に料理が好きなのだな」

「こればかりは辞められませんので」

　しばらく無言のままエムルハルト様のあたたかい胸元に寄り添っていた。

「俺からも聞いても良いか？」

「なんでも答えますよ」

「あまり過去の婚約のことを聞くのもどうかとは思うが……」

「は、はいどうぞ」

　若干身構えた。交際が始まったとたんに元恋人の話を聞いてくるなんて……どう答えよう。だが、エムルハルト様は心配そうな表情をしていた。

「シャインはあの男との関係を続けるために、極端に我慢をしていたのか？」

思っていたことと違う質問でホッとした。ちゃんと答えなきゃ。

「極端というわけでは……たしかにソルドに対して愛情はありませんでした。ただ、彼の父親は真っ当なお方でしたし、貴族令嬢としても責務があります。そちらにも、家にも迷惑はかけたくなかったので」

「なるほど。だがもう少し、自分自身を大事にしたほうが良いと思うが」

「自己犠牲だとは思っていませんよ。昔のソルドは本当に良い人だったのです。それが、彼の母親が亡くなってから、気がついたら性格が変わってしまっていて……」

「俺と同じか……」

エムルハルト様は両親を殺されて、人間不信になってしまった。親の死というのは子供にとって大きな出来事だ。ソルドにとっても母親の死は大きな出来事だったに決まっている。

時間が悲しみを癒せば、もしかしたら激変してしまった性格も元に戻るかもしれないと思っていた。

だからこそ、私はずっと婚約者として我慢しつつ耐えていた。ほんの少しでもソルドの性格を変えられないかと試行錯誤しながら。

そういえば、どういうわけかソルドの性格に関しては彼の父親もあまり関与しようとしてこなかった。なんでかはわからないままだったが。

「理由はなんであれ、彼はシャインに対して失礼極まりないことをした。俺は絶対にあの者を許すことはしない」

「えぇ……わかっています」

「それに……シャインは今まで頑張ってきたのだな……」

「え？」

「シャインが痛めた心を少しでも癒せるような男になるよ」

エムルハルト様は、ホッとしたような表情をしながら私の頭をそっと撫でてきた。

優しくそっと。

過去のことはすでに清算したつもりだが、まだどこかでモヤモヤしているような気持ちはあった。

ソルドの暴言や出しゃばりな態度にストレスを抱えていた。

辛かった。

大変だった。

料理を食べもせずに床に何度も捨てられ、私は泣くのを堪えながらそれを拾って処理していた。

悔しかった。

悲しかった。

家に帰ってから一人ベッドで泣いていた。

そんな嫌だったできごとは、心の傷として一生残っていくものだと覚悟をしていたほどだ。

しかし、エムルハルト様の優しい手、言葉、一緒にいるだけで魔法をかけられたようだ。全て浄化されていくような感じである。

気がつけば、私は涙をこぼしていた。今までずっと誰にも言えずに心の隅に放置していた感情を一気に放出するかのように。

「ズルイです……優しすぎる……」

「俺が優しいわけではない。シャインが頑張っていただけだ。ずっと」

「エムルハルト様は優しい……」

私はエムルハルト様の胸元に顔をうずめ、そのまま気の済むまで涙をこぼし続けた。全ての感情を出したら、それは私の心に再び戻ってくることはないだろう。

エムルハルト様に甘えて、泣き止んでからもしばらく動かずにいた。

◇

「う……うぅん？」

「目が覚めたか」

「あれ……」

エムルハルト様のおなかあたりが、まず視界に入ってきた。

私の頭には、やや硬いエムルハルト様の太腿。いつの間にか膝枕をされながら寝てしまったらしい。

窓を見ると、もう光が差し込んでいる。

状況を整理するまでもなく、すぐになにがあったのか理解した。

「もももももっ申しわけありません！」

「謝る必要などないが、欲望を抑えきった俺を褒めて欲しいものだ」

「そのまま放置してくれても良かったのに……」

「そんなもったいないこと、できるわけがない！」

「ん……？」

「その、シャインと一晩中……一緒に過ごせたのだから、俺は幸せ者だよな」

かぁぁぁああああっ。

つき合い始めた当日の夜、早々にひと晩二人きりで過ごしたということは理解した。なにやってんだ私！

すぐに頭を起こして何度も頭を下げて謝った。何時間も私の頭の重さを太腿に乗せていたのだろうし、大変だったはず。しかも、エムルハルト様は座りながら寝ていたのかすらわからない。色々な意味を込めて謝罪した。

「謝る必要はない。嫌だったらシャインをベッドに運んでいた」

「で……でも……」

「気にするなと言っている」

顔を赤らめながらそっぽを向いてしまった。これ以上言うと本当に困ってしまいそうだったため、謝るのはやめた。

　さて……私は意中の男性の前で無防備に意識を失っていた。エムルハルト様は欲望を抑えきったと言い切っているが、これはこれでなんだか悔しい気持ちにもなってしまう。

「なにもしなかったのですよね……？」

「いや……その……」

　なにか言い淀んでいる。むしろ、そうであってほしかったのだ。

　私とて、男性の感情や本能を理解していないわけではない。私のことを好きと思ってくださっているエムルハルト様。私も彼に対してすでに好きという言葉だけでは収まることがないほど夢中になっている。なにもないのは、それはそれで寂しいかもしれない。

「す……すまない。実は頭を撫でたり、少しだけ頬を指で触れたりもした……」

　私は自分の頬を手で触れて確認する。なんの確認だよと脳裏でツッコミを入れつつも、エムルハルト様が触れた頬だと思うと、触らずにはいられなかった。

「あの……それだけ？」

「必死に我慢した」

「べ……べつに我慢しなくても……」

「あ？」

「い、いえ。なんでもありません！」

　エムルハルト様がニコリと微笑んでくれた。

「ひとつだけ、お願いしてもよろしいですか？」

「可能なことならなんでも聞こう」

「頭を……もう一度撫でてくれませんか？」

「仰せのままに」

私の頭の上に、エムルハルト様の優しい手が乗っかる。至福の時だが、現実に戻らなければ。

朝ごはんの準備！

このあと、リゼとトムから祝福の言葉をもらいつつ、長い尋問にかけられたことは言うまでもない。

第四章

「お仕事お疲れさまです」

「あぁ、ただいま」

エムルハルト様が大量の書類を持って王宮から帰ってきた。これから、また仕事がたくさん入って忙しくなるそうだ。

さすがに国の仕事を私が手伝うことはできないが、せめてごはんを食べてもらって、元気でいてもらいたいな。できればドキドキもさせたい。

ここ最近、私はどうやったらエムルハルト様をドキドキさせることができるかに全力を注いでいる。毎日のようにエムルハルト様が私のことをドキドキさせる発言や行動をしてくるのだ。

私だけドキドキさせられるなんてズルい。

「シャインに頼みたいことがある」

「なんでしょうか？」

「伯父様……つまり国王陛下に会って欲しいんだが」

「んがが！　国王陛下!?」

ドキドキさせるどころか、私のほうがある意味ドキドキさせられてしまった。

国王陛下と会うことなんて滅多なことではない。エムルハルト様の伯父が国王であるから、いつかはご挨拶する機会もあるかとは思っていたが、あまりにも急すぎる。

「会うと言っても、この公爵邸に来るだけだ」

「あ……なるほど……」

「シャインの料理を食べてみたいそうだ」

「なんでまた急に……」

色々と説明してくれないと理解ができない。

「噂だ」

「はい？」

「この前公爵邸でお茶会をしただろう。その時の料理の噂を聞いたらしく、食べてみたいと、さきほど言われたばかりだ」

「それは光栄な……」

「すでにお茶会に出ていた料理の話題で持ちきりだ。王宮中で騒ぎになっている」

ただのお茶会だったのに、どこまで噂広まってるんだろう……こういう話になると、エムルハルト様は無表情のままだ。どのような感情なのかがわかりづらい。

「ところで、国王陛下はいつ来られるのですか？」

「明日だ」

「急すぎる……」

「伯父様の分の食事も追加で用意してくれるだけで構わない」

「え……？　普段の食事で良いのですか？　お茶会みたいに前日から念入りに色々と仕込むものを求めているのかと」

「普段のシャインが作る料理が食べてみたいそうだ」

一人分追加するだけならば、なんとかなる。

いや、実際に国王陛下がおいでになるのであれば、護衛も必ず同伴するはずだ。その人たちにとっては任務中なのかもしれないが、おなかは空くだろうし多めに作っておくか。

その場で食べられなかったとしても、持って帰ってもらえば、どこかで食べることはできるはずだし。幸い、昨日食材を大量に仕入れしたばかりだし、対応はできる。

「俺としては複雑でな。俺だけが独占できていたシャインの手料理がどんどん広まってしまうと思うとだ、な……」

「ちょ……、エムルハルト様？」

エムルハルト様の表情が一変、困ったような顔になった。

そして小声でボソボソと呟くが、余裕で私にも聞こえている。

「シャインの人気はこれからますます上がるだろうな。シャインの相手に相応しくなれるよう一層努力しなければ……」

「そんなことは考えなくて良いのですよ。私はなにがあってもエムルハルト様に寄り添うつもりなので」

「う……うむ」

エムルハルト様に気持ちをぶつけてみた。ドキドキしてもらいたくて正直に伝えてみたのだが、やはりというか……あまり効果はなかったようだ。

うーん、エムルハルト様に喜んでもらうためにはどうしたら良いのだろうか。もっと彼のことを知っていく必要がありそう。

「俺の心臓を壊す気か……」

国王陛下に料理をお出しすることで頭がいっぱいで、私は周りが見えていなかった。

◇

「キミがそうか」

「お初にお目にかかります。シャイン＝スコーピンと申します」

国王陛下は、今年で五十歳になったんだったっけ。年齢の割には若々しく、背筋もピシッと伸びていて、どことなくエムルハルト様に似たような目つきをしている。

「緊張せずとも良い。今日は、エムルハルトと食事をするために遊びに来ただけだ」

そんなことを言われても無理である。普段から堂々としているリゼですら、恐れ多くて顔を出そうとしないくらいなのだ。

国王陛下からも、威厳《いげん》のようななんともいえないオーラが出ているように見えるし、さすが国の代表というだけの説得力がある。

「さっそくだが、噂の国宝級料理というものを食べてみたいのだが」

「はい……？　国宝級料理？」

「王宮内ではそのように噂されている。違うのか？」

お茶会に用意したメニューは普段出すメニューよりも、高級なものや手間をかけて仕込んだ物が多かった。だからといって、国宝級とまでなるような代物ではなかったはず。

「申しわけございませんが、本日は普段用意している食事メニューとほとんど変わらないものでして……」

「うむ。楽しみにしている。昨晩はなかなか寝つけなかったのでな」

どうしよう……

果たして、国王陛下は気に入ってくださるだろうか。

◇

「ずいぶんと皿の数が多いようだが」

「はい。国王陛下の護衛の方々の分も用意させていただきました」

「ほう、そこまで頼んでいなかったはずだが……気が利く」

思いのほか、国王陛下は嬉しそうな表情を浮かべてくれていた。

「ここは私に構うな。皆の者、シャイン殿がせっかく用意してくれたのだから、一緒に席を囲みたまえ」

食べていただく人数が多いため、リゼとトムにもお手伝いをお願いした。けれどトムは国王陛下を遠くから見た途端、使い物にならないほど放心状態になってしまった。

リゼと二人で料理を運んでテーブルに並べていく。

なお、ゼガルさんはエムルハルト様の側近としてついているため、彼にお手伝いは頼めない。

「ほう、見たこともない料理だ。失礼ながら……これはいったい？」

「これは他国で評判のカレーライスといいます」

「ほう……」

カレーライスはお父様が最も得意とする料理だ。お父様はスパイスを独自のルートで大量に仕入れているため、少し分けてもらっていた。野菜は収穫したばかりで、肉もちょうど仕入れていたし、大人数に対応できるメニューとしてはカレーライスが一番良いと判断したのだ。

パティッシェ王国ではお父様のお店以外ではカレーライスなど見る機会もないだろうし、そもそもスパイスを主軸とした料理はそれほど出回っていない。

そのため、辛さはかなり控えめにして、初めてでも食べやすいように仕上げてある。

ちなみに、お父様のお店ではマニアな常連さんは激辛を頼むことも良くあるという。

「では、いただくとしよう」

「へ、陛下！　いきなり食べてしまうのですか⁉」

国王陛下はスプーンを手に持ち、口にカレーライスを入れようとしたため、私は慌てて止めた。

「そのつもりだが、まだ食べてはダメだったか？」

「毒味役などを用意するものかと……」

「はっはっは、それは王宮内では当然のことだが、ここではそんなものいらぬよ」

なにを言っているのだというような目で私を見てきた。

「エムルハルトが認めた相手だ。心配などいらぬよ。気遣いは感謝する。ではいただこう」

そう言って、国王陛下はカレーライスを口にした。

常に鋭い目つきだが、口に入れた瞬間は目を大きく開き、驚いているように見えた。

国王という立場からは想像もできないほどの速さでカレーライスを口に入れていくが、それでも食べ方に品がある。

まるで、エムルハルト様と同じような食べっぷりだ。

「うまい、こんなにうまいものが世界に存在しているとは……」

「お褒めにあずかり光栄です」

「なるほど、エムルハルトが毎日語ってくる理由がわかった気がする」

「はい？　エムルハルト様もなにか言っていたのですか!?」

私はエムルハルト様に顔を向けると、ギクリとしたような表情を浮かべる。

「ま、まぁ伯父様には良くシャインのことを話していてだな」

「なにを話してくれていたのですか？」

「それは言えない。いや、変なことを言っているわけではないが、さすがに恥ずかしい」

困っているようだから、これ以上は追及しないでおく。エムルハルト様のことだから、私の変なところやダメな部分をわざわざ報告するわけがない。

きっと、なにか嬉しいことを報告してくれていたのだろう。

「シャイン殿よ、ひとこと礼が言いたい」

「いえ、私の料理を食べてくださり、ありがとうございます」

「いや、料理のことではなくてだな、エムルハルトのことだよ」

「はい？」

てっきり料理についてのお礼だと思ってしまった。エムルハルト様はいつも私に優しく、仕事も与えてくれて、生活面でも恋愛面でも感謝しかない。

国王陛下からお礼を言われる理由が見つからなかった。

「シャイン殿とここにいる皆は知っているから話せるが、エムルハルトの両親……つまり私の弟とその妻は毒殺されてしまってね。未だ犯人を捕らえられないでいる。それ以来エムルハルトは誰も信じることができず、独り孤独に生きる道を選択していた」

まさか本人の前で……と思い心配したが、『事前に話しても構わないと言ってある』とエムルハルト様からすかさず言われたため、このまま陛下の言葉を聞く。

「唯一心を許しはじめたのがスコーピン伯爵、つまりシャイン殿の父だ。ようやく外に出るようになったエムルハルトは、スコーピン伯爵の店に行くようになった」

「え？　お父様の店にいつの間に……？」

「外は危険だから、俺だとバレないよう変装していた。……ゼガルが貴族の客の少ない評判の店があると教えてくれたんだ。スコーピン伯爵ならば王宮に仕えていた過去もあるし、両親と共に彼の料理を食べたこともあったから、信じることができた」

　この瞬間、ようやく理解した。

　どうして初対面だったはずなのに、公爵邸で料理長をしないかと私を誘ってくれたのか。

　おそらく、エムルハルト様は私のことをお父様の店で知って、私も知らないうちに会話をしたことがあったのだろう。毒見もなしに料理を口にしていたのも、お父様の店とその従業員である私に対して信頼があったからなのか。

「エムルハルトがシャイン殿と関わるようになったころから、すこし元気になったことには気がついていた。本人に聞いたところ、公爵邸に迎え入れた者に助けられたと。元気にさせてもらったと喜んでいた。そのころから、私はその者に挨拶をしたいと思っていてね」

「そんなことは……私のほうがいつもエムルハルト様から元気を分けてもらっていますし」

「そうかもしれぬが、エムルハルトは明らかに変わった。健康面も性格も！　昔のような明るさは戻るまいと思っていたが、シャイン殿がそばに寄り添ってくれたおかげでエムルハルトは変われたのだ。本当に感謝している」

　国王陛下が、エムルハルト様のことを息子のように大事にしていることがわかった。だからこそ、今までどうすることもできなかった問題を解決できて嬉しいのだろう。

だが、私は本当になにもしていない。

エムルハルト様が変わったのは、自分自身で変わりたいと強く願っていたからではないだろうか。何度もそのような会話をしていたし、彼は努力もしていた。

そうでなければ、先日のようなお茶会の開催など許可されなかっただろう。

「エムルハルト様はいつも頑張っていますから。私は彼のそばについていただけですが、それでもなにか元気になるきっかけがあったのなら、嬉しいです」

「シャイン殿と話してみて良くわかった。エムルハルトよ、良き相手を見つけたな」

エムルハルト様が無理やり無表情を貫こうとしているように、私には見えた。

だが彼は、隠しきれなかったようで照れながら笑みをうかべ、頬を掻いている。

「エムルハルトは昔のように笑うようになり、おまけに仕事も以前よりも早く正確になっているのだよ。これは国としてもありがたいことなのだ。シャイン殿よ、改めて礼を言わせてもらおう。なにか望みはあるか？」

ここまで国王陛下と会話してみて、エムルハルト様と性格も似ているような気がした。

つまり、なにか望みをと聞かれて断ったとしても、それ以上のものが返ってきてしまいそうな気がする。ここはあえて、今私が望んでいることをそのまま伝えたほうが良いような気がした。

「……よろしいでしょうか」

「あぁ。可能なことは叶えてやりたい」

「すでにエムルハルト様とおつき合いをさせていただいていますが、正式に……私とエムルハルト様の交際を認めていただけませんか？」

私は顔を真っ赤にしながら国王陛下に頭を下げてお願いした。

いつかこの日が来ると覚悟していたのだ。

どんなに仲良くしていても、貴族社会。公爵様と伯爵令嬢で、しかも恋愛としてこの先へ進むためには、必ず両親の許可が必要になる。エムルハルト様の実の親ではないが、これだけ息子のように可愛がって大事にしている国王陛下に尋ねるのが筋だろう。

私は覚悟を決めて、これから堂々と交際ができるよう、真剣にお願いをした。

さすがに難しい願いだったかな……私の目線は床にあるため、国王陛下の表情がわからない。

しかも、黙ったままだしまだ早かったのかもしれない……

「それが、シャイン殿の望みか……」

「はい！　大変厚かましいこととは思いますが、私の一番の望みです！」

「顔を上げたまえ」

私は緊張しながら元の位置へ顔を戻した。すると、目の前にはこれでもかというくらいの笑みをこぼしている国王陛下の姿があった。

「断るわけがなかろう。今日話してみてシャイン殿の人柄が良くわかった。私のほうからエムルハルトのことをお願いしたいくらいだ」

「ありがとうございます！　嬉しすぎて……」

「国の王に頼みをする場合、地位や金品などを望む者は山ほど見てきたがな……シャイン殿のような望みを言ってきた者は初めてだ」

「私にとって物や名誉などよりも、エムルハルト様と一緒にいられることがなによりも幸せなので」

「見せつけてくれるわい。エムルハルトもさぞ幸せだろう……」

エムルハルト様は放心状態のようでその場で固まっていて微動だにしなかった。

交際に関して、正式に国王陛下からの許可もでたことで、私は満足である。この流れならば、結婚の許可も国王陛下からいただけるだろうとは思うが、まだそれは頼まない。エムルハルト様のことをもっと深く知って、愛していく。

いずれ私から、『結婚してください』とプロポーズしたいと思う。

「二人がより安全かつ幸せになれるよう、かねてからの計画を進めようと思う。本来貴族令嬢に聞かせるような話ではないが、エムルハルトに寄り添う者としてシャイン殿にも聞いておいてもらいたい」

「計画……ですか？」

「弟たちを暗殺した犯人を捕まえ、処罰する計画だ」

エムルハルト様のご両親を殺し、彼の性格をも激変させた犯人は、まだ捕まっていない。国としても力を注いでいるらしいが、まだ目星がつかないそうだ。

なにしろ、他国や他貴族への影響を考慮《こうりょ》して、表向きはエムルハルト様のご両親は『事故死』ということになっているから、大々的に捜査することもできないのだ。

死因が毒であったことを伏せ、ご両親の命日《めいにち》も表向きには別の日だと発表し……情報を規制することで犯人をあぶり出そうとしているが、なかなかうまくいかなかったのだとか。

とはいえ、そのまま放置できる問題ではなく、エムルハルト様が落ち着き盤石《ばんじゃく》な体制が整い次第、もう一歩踏み込んだ捜査を始めると決めていたと国王陛下が告げる。

しかし、ここで意外な人物が会話に入ってきた。

「た、大変ぶしつけではありますが……クノロス様のご両親の本当の命日《めいにち》とは、六年前の七の月の十日ではありませんか……？」

「む？　そうだが、なぜそう思ったのだ？」

トムがおそるおそる国王陛下に声をかけている。

「確信はありませんし、疑うのも大変申しないことと承知のうえで申し上げますが……実はその日、ゾイレ子爵家で忘れようにも忘れられないできごとがありまして……なにか事件に関係があるのではと思いました」

「申してみよ」

「あの日、ボクとリゼちゃ……妻とシャイン様とソルド様の四人は、ソルド様の家でかくれんぼをしていました。人目につかなそうな庭の奥に隠れたボクは、ゾイレ子爵様が異様な雰囲気をした見た目が恐い男たちと話しているのを目撃したのです」

トムが言うゾイレ子爵とは、ソルドの父親のことだ。ソルドの親には良い印象しかないし、私のお父様とも昔は仲が良かった。

そのような好印象のお方がなにかしたのだろうか。

「興味深い話だ。覚えている限り全て話してくれないか？」

「男たちは貴族とは思えないような風貌《ふうぼう》をしていました。なにを話しているかは聞こえませんでしたが、ゾイレ子爵様はボクを見つけた時、あまりにも冷酷な表情で睨みつけてきて……殺されるのではないかと思ってしまうほどでした」

「それで、どうなったのだ？」

「ゾイレ子爵様と男たちがなにか話し、ボクは普段は出入りが禁止されている庭の一角に連れられて、よくわからない飴玉を無理やり口の中に突っ込まれました。『これで今日の記憶を忘れろ』と……ボクは恐くて、歯で支えて飴玉を溶かさないように気をつけながらそのままずっと平伏していました。男たちに足で踏んづけられながら……」

六年前……かくれんぼをしていた記憶は私にも少しだけある。

みんなでかくれんぼにはまっていたあのころ、いつもソルドの家だから隠れ場所もだいたい決まっていて、すぐ終わることが多かったのに……。トムを見つけるのに、鬼だったソルドはものすごく手こずっていた記憶がある。

そういえば、あの日以来みんなで遊ぶことはなかったかもしれない。

あれからソルドの性格は著しく変わってしまい。

加えて、トムも臆病《おくびょう》な性格になってしまった。

「忘れろと言いながら強引に食べさせた飴玉か……」

「ようやく解放されてから、ボクは飴玉を吐き出して地面に埋めました。だから、忘れることなく鮮明に覚えていて……」

「アタシも知らなかったんだけど！　そんなこと一度も話してくれなかったじゃん！」

ずっと黙ってトムの話を聞いていたリゼが、思わずといった様子で口をはさむ。

「だって、ボクは怒られることをしちゃったんだと思っていたから。それに、記憶を消すって言われたのが恐くて。もしも飴なんかでリゼちゃんとの記憶まで消えたら絶対嫌だったんだ」

トムはあのころからリゼのことが大好きだったんだな。それにしても、ソルドの父親がそんなひどいことを……トムは絶対に嘘をつくような人ではないし、おそらく事実だ。

そもそも、トムに食べさせた飴もいったいなんだったのだろう。

飴で記憶を消すことができるなんて、あり得るのか。

「そなたの話を全て信用することはできぬが、頭に入れておこう。同時に、この機会にゾイレへの調査も徹底的に行うことにしよう」

私は今後特に関わることはないと思うが、ソルドの父親のことは警戒するようにしておこう。

お父様にも詳しくは話せないけれど、少し警戒してもらうように誘導しておきたい。

◇

「シャーちゃん！　正式に認められた交際おめでとうーーー！」

国王陛下が帰ってから、公爵邸で唯一リゼだけが賑やかだった。

国の一番偉い人と対談のような状況になったから、私も疲れている。

それを察してくれたのか、リゼとトムが食器類の後片づけを手伝ってくれているのだ。私は皿を洗いながら、さきほどの会話を思い出す。

「よく元気でいられるね。私なんてトムの話で動揺しているのに」

「だーりんが無事だったんだし、むしろ良かったなって。それに、アタシらが考えてもどうすることもできないじゃん」

「そうだけど……」

「だからアタシはシャーちゃんの幸せを祝うことに気持ちを切り替えた」

「ボクもなんだか話せてスッキリしたよ。改めておめでとう」

トムが元気なら、まぁ良いか。今こうしてみんなで楽しく過ごせているのだから。

ソルドの父親がエムルハルト様の両親の毒殺事件に関わっているかもしれないと思うと恐いけど……あとは国王陛下に任せておけば良いよね。

私も気持ちを切り替えることにした。

「そういえばさ、もうすぐシャーちゃんの誕生日だよね」

「うん」

リゼとトムは、毎年私の誕生日を祝ってくれる。今年もそのつもりでいてくれるのだろう。

「で、もちろんクノ様はシャーちゃんの誕生日を知っているんだよね？」

「あ……言っていなかったかも」

特に報告する機会もなかったし、伝えていない。誕生日が間近に迫っている今、『もうすぐ誕生日なのー』などと言えばこちらからおねだりしているようにも思える。

完全にタイミングを逃したな。まぁ一緒にいられるだけで幸せだから、エムルハルト様からなにか貰いたいという願望は持っていない。幸せすぎる毎日をプレゼントしてもらっているわけだし、これ以上ねだるものなどないのだ。

「アタシらがクノ様に伝えておこうか？」

「そんなことしなくて良いよ。エムルハルト様は仕事で忙しい日が続くから、無理させたくないの」

「シャーちゃんは相変わらずというかなんというか……」

リゼが呆れながら手をおでこにあててため息をついた。

「まぁシャーちゃんがそう言うなら従うけどさ、あとで誕生日を知ったとしたら、クノ様はガッカリすると思うよ」

「なんで？」

「例えばだけど、クノ様の誕生日が先週だったとシャーちゃんが今知ったらどう？」

「あ……」

なんで教えてくれなかったのかと思ってしまいそうな気がした。

そして、一年に一度のお祝いができなかったことを悔しがるだろう。

だが、エムルハルト様の仕事が忙しい状況で、今から伝えるというのも申しわけない気持ちになる。どちらを選んでもデメリットがある。

「うむむむむむむむうううう……」

「当日にさ、『今日誕生日だから一緒にいてほしい』って頼んでみるとか」

「なるほど……」

「で、朝までクノ様と共に過ごすの。できればベッドで」

「かぁぁぁああああっ！」

大胆なリゼの提案に思わず顔を赤らめてしまう。

「え、ちょっと待って。シャーちゃん、クノ様と、その……キスとかしていないの？」

「してないよ。というか、ソルドとも一度もしたことはない」

「繊細で純情《じゅんじょう》で貴族令嬢らしいレディだということが良くわかったわ！　その先なんて考えたこともないでしょう？」

「ちょ……リゼ！　トムがいるから！」

「ボク、耳塞いどくよ」

「むしろ今だけだーりん出てって」

「ひどい」

トムは布巾を持って渋々食堂へと向かってくれた。

「ある意味バカソルドには同情するわ。こんなに可愛い子と一緒にいて、よく我慢できたなと」

「いやいや、そういうのは結婚してからでしょう」

「シャーちゃん可愛すぎるから、男にとっては我慢するのはつらいと思うけど。ま、それでも欲望に負けず、シャーちゃんを大事にできるかは重要よね。クノ様はそのへんバカソルドとは違うだろうけど」

　エムルハルト様はソルドと違い、とても紳士的だ。共に過ごすときも手を重ねるくらいで、それ以上はなにもしてこなかった。

　だが、なにもしてこないのは、それはそれで心配にもなってくる。

「エムルハルト様、私のことを求めてくれているのかなぁ」

「そりゃ当然でしょ。シャーちゃんみたいに可愛い女の子が相手で、しかも超がつくほど溺愛しているんだし。ま、クノ様の気持ちよりも、アタシ個人としてはシャーちゃんには自分の気持ちを第一に考えて欲しいなって思うよ」

「私の気持ちか……」

「シャーちゃんはいつも周りを優先するから。でも、せっかくクノ様という王子様を捕まえたんだし、自分の気持ちに正直にワガママを言っても良いと思う。クノ様は、自分の気持ちばっかりシャーちゃんに押しつけるような人じゃないでしょう？」

「うん……」

　ワガママと言われても、実はすでに色々と言っている。

　夜のティータイムはできればアールグレイが良いだとか、まだ部屋に帰りたくないだとか色々と。

これ以上どうすれば良いのか悩んでしまう。

「とにかく、アタシはシャーちゃんに幸せになってほしいと思っているから」

「ありがとう」

「だから、今年のシャーちゃんの誕生日はしっかりと祝いたいと思います、はい」

「でも」

「でもとかいらないから！　シャーちゃんには返せないくらいの恩があるんだし、誕生日くらいはアタシたちになにかさせてちょうだい！」

「う、うん」

リゼがかなり強い口調でそう言ってきた。そんなに大きな恩を与えた覚えはないのだが……

これ以上遠慮すると怒られそうだし、素直に従うことにした。

リゼたちへの誕生日は、なにを用意しようかな……

第五章

「うーん、うぅぅ……」

今日は私の誕生日だ。

目を覚ますと窓の外からは光が差し込んでいる。いつもどおりの朝である。ベッドの横に置いてある大きな巾着《きんちゃく》と手提げ袋、簡単な朝食のパンとスープを除いては。

「リゼとトムからかな……」

巾着《きんちゃく》の中には、可愛いイヤリングと花柄のハンカチと手紙が入っていた。すぐに手紙を読む。

『親愛なるシャーちゃんへ。誕生日おめでとう。シャーちゃんに似合いそうなアクセサリーとワンピースをだーりんと一緒に探しました。気に入ってくれたら嬉しいな。突然だけれど、今日はアタシたちが声をかけるまで部屋から出ないでください。今日はシャーちゃんはお休みということで、ゼガルさんには許可を得ています。ごはんもアタシたちが用意するから安心してね。絶対に出ないように！　絶対だよ、絶対！』

手提げ袋も見てみると、膝より少し下まで足が隠れそうな赤を基調としたワンピースが入っていた。アクセントにリボンがついていて可愛い。

「ありがとう」

嬉しいのだが、部屋から出てはいけないというのはどういうことだろう。必要なものは全て揃っているし、全く問題はないけれど……部屋の外でなにが行われているのか気になる。

それに、いったいいつまでこの部屋にいれば良いのだろうか。そこを明記していないのがリゼっぽいところだ。

頭の中にはエムルハルト様の顔が浮かんでくる。なにしろ、起きてすぐにエムルハルト様とおはようの挨拶をするのが日課だった。早く会いたい……

「ちょっとだけなら良いよね？」

そーっと扉を開けてエムルハルト様にご挨拶だけしようとしたのだが……

「開かない!?」

部屋の外になにをした？

私が勝手に外へ出ないようにするためになにかをしたのだろう。閉じ込められてしまった。

しょうがないから、リゼたちが作ってくれたのであろう朝食を食べてゆっくりすることにする。

◇

監禁されて約五時間。すっかり昼になってしまったが、ようやく部屋の外で物音がして、リゼとトムが顔を出した。

「あ、プレゼントありがとう。どうかなぁ？」

「うん、すごく可愛い。十七歳おめでとう」

なにしろすることがなかったのだ。

せっかくだし、もらったプレゼントを全部身につけてみた。

「大事に使うね」

「うんうん、シャーちゃんに絶対似合うと思って選んだから、休みの日に使ってくれたら嬉しい」

すっかり遅くなってしまったが、すぐにでもエムルハルト様に会いたい。

「もう部屋を出ても良い？　エムルハルト様に会いたいんだけど……」

「あ、ごめん。まだダメ」

「そんなぁ……」

「クノ様、今必死になって仕事してるからさ。でも夜には終わるって言っていたから。それまではシャーちゃんも我慢して」

「うぅ……」

エムルハルト様の邪魔はしたくないし、しょうがないか。

「まぁまぁ、その代わり……にもならないか。アタシらが一緒にいるから！　お昼も持ってきたし、一緒に食べよう」

「そんなことないよ。リゼもトムも大好きだから。ごはんもおいしかったよ、ありがとう」

エムルハルト様に対する愛情と、幼馴染《おさななじみ》に対する愛情は全くの別物ではあるが、大好きな気持ちは同じである。どちらが欠けても私は絶対に嫌だと思うし、どっちも大事にしたい。

私はそのまま、リゼとトムと一緒に過ごした。二人が用意してくれた昼食はとてもおいしくて、なにより私の代わりに料理を作ってくれたことがとても嬉しかった。

そして、あっという間に夜になり、ゼガルさんがやってきた。

「シャイン様。旦那様がお呼びでございます。できるだけ早くきて欲しいと」

「はい、すぐ行きます」

「じゃ、シャーちゃん。良き時間を♪」

「ん？　うん……」

リゼがニヤリと笑みを浮かべたことは疑問だったが、私も早く会いたかった。すぐにエムルハルト様の部屋へ向かう。

「エムルハルト様！」

「遅くなってすまなかったな、今日はゆっくり休めたか？　とりあえず座ってくれ」

「では、遠慮なく」

いつものソファーに腰かけた。テーブルの上には飲み物とお菓子が用意されている。

いろいろ悩んで結局私は誕生日のことを伝えなかったから、エムルハルト様は今日が私の誕生日だと知らないだろうし、普段と変わりはない。ただお休みをもらっただけだと思っているだろう。

だが、それでも今こうしてエムルハルト様とお会いできたことが嬉しいのだ。

「ふふふふふふふふっ！」

「どうした？」

「今日は忙しかったのでしょう？　会えないかと思っていたので……」

「すまない。なかなか決まらなかったものでな」

若干の話の噛み合わなさは、あまり気にしなかった。こうして一緒にいられることだけで満足なのだから。

いつものように紅茶を飲みながら、二人だけの時間を過ごす。

しかし、今日はエムルハルト様がどこかそわそわしているような感じがした。それは今までにない雰囲気で、なんだか私の口元をチラチラ見ているようにも思える。

これはかなりまずい！　何日か前にリゼと話したことを思い出した。

（もしかしてエムルハルト様は、私にキスしようとしてるのかな。それにもっと先のことも考えているのかもしれない）

エムルハルト様が相手なら嫌ではない。だが、心の準備が全くできていないのだ。いつの間にか私のほうが緊張して手がプルプルしてきた。

「どうした？」

「あ、いえ。なんでも」

「『なんでも』で、そんなに震えるのか？」

震えている理由なんて言えるわけがない。声をかけてくれたおかげで震えはやや収まったが、エムルハルト様は不思議そうな顔をしていた。そのまま私の手をギュッと握ってくる。

「ひゃ」

「ん？」

二人きりでお茶をしている時間は、普段だったら手を握ってこられても嬉しいしドキドキはするものの、変な声などは出すようなことはしない。

だが、今日は妙に意識してしまっている。こんなに過剰に反応していたら、まるで私が求めているみたいじゃないか……

「そうか、やはりシャインは気がついていたんだな。だから緊張しているのだろう？」

「え？　やっぱり今日はそういうことを？」

「あぁ。もちろんだ」

「なっ⁉」

まさかすんなり認めるとは……ほんの少し、『うーん』と思ってしまったところはあるが、今日、私はエムルハルト様に全てを捧げます……そう覚悟すると、恐くなってきて身体が震えてしまう。

「大丈夫か？」

「どうしてエムルハルト様はそんなに平然としていられるのです……？」

「緊張はしている」

「そうでしょうね！　そうでなければ、何度も経験しているのかと疑ってしまいます」

貴族の中には、地位や権力を利用して異性と遊ぶ人がいると聞いたことがある。もちろんエムルハルト様はそんなお方ではないが、少しいじわるを言ってみた。

だが……

「いや、こう見えて俺は、経験豊富なんだ」

「は⁉」

とんでもない発言に、信じられずにエムルハルト様の顔を凝視する。

「両親がいたころは、頻繁にやっていた」

「そんな小さいころから⁉」

「とは言っても、相手は主にゼガルだがな」

「男っ⁉」

「伯父様やシャインの父親にもした。普段世話になっているからな」

「かぁぁぁぁぁぁぁあああああっ！！！！」

もう私の脳内はパニックだ。

でも、どんなことがあっても、エムルハルト様のことは愛していくって決めたんだ。過去の趣味がどうであれ、今は私と交際中。今は他の人とどうこうすることはないはずだ。

「次は時期的にリゼ殿かな？」

「リゼは絶対にダメでしょ！」

「なぜ怒る……」

「なぜって……本気でそんなことを、……って、それって……」

エムルハルト様が不思議そうな表情をしながら、可愛らしいものを袋から取り出す。それを見て、私はとんでもない勘違いをしていたとすぐに気がついた。

彼のことを疑ってしまった自分が情けない。

「これを……誕生日おめでとう」

顔を赤らめながら恥ずかしそうにしているエムルハルト様。手には花のデザインが入った髪飾りを持っている。

「気に入ってくれると嬉しい」

私が誕生日を教えなかったから、トムとリゼが言ってくれたのだろう。

「で、では、今日ずっと会えなかったのも、リゼたちに部屋にいろって言われたのも……」

「俺がシャインの誕生日プレゼントを買いに街へ出ていたからだ。……俺が屋敷にいないとわかるとシャインは不思議に思うだろう。選ぶのに時間がかかって、思っていたよりも待たせてしまった」

私は可愛いデザインの髪飾りを見ながら、エムルハルト様の説明を聞いてうるっときてしまう。

私ってば、なにを変なことばかり考えていたのだろうかと情けなく思ってしまった。

「ありがとうございます……身につけても？」

「もちろんだ」

髪飾りをつけて、髪型を整えてみる。

エムルハルト様はその様子をじっと見たままだ。

「似合っている」

「大事にします……嬉しいです！」

エムルハルト様に身体を預け、ギュッと抱きついてしまった。彼の両腕で包みこまれ、しばらくそのまま時間が過ぎた。このくらいの触れあいが今の私にとって、最高な居心地の良さなのかもしれない。

さらに時間が過ぎる。

……それにしても、抱き合っている時間、長過ぎないか？

いや、もちろん私はずっとこうしていたいと思っているのだが……

どういうわけか背中に伝わってきていた腕の温もりがなくなって、なんだか先ほどよりも体重がかけられている気がする。勇気を出して、エムルハルト様のお顔を確認してみた。

「すぅー、すぅー……」

(寝ている？)

目を閉じて、気持ち良さそうにしていた。寝顔がとても凛々しい。

ところで、このままだと動けないのですが。

もしかしてエムルハルト様が起きるまでずっと……？　えぇと、どうしたら良いの!?

いっそ朝までエムルハルト様とくっついたまま過ごしても良いような気がするが、エムルハルト様はここ最近大忙しだ。今日だって疲れて寝落ちしてしまったに違いない。

さすがにこの体勢で朝まで過ごしたら身体を痛めてしまいそうだし、なんとかしなければ。ベッドには運べなくても、せめて楽な体勢にしておきたかった。

ゆーーーーーーっくりとソファーにごろんとできるように動かしてみたのだが……

「すぴー、すぴー……」

「あっ……」

エムルハルト様の頭を、私の膝の上に乗せるような体勢にさせてしまった。思っていた体勢ではないけれど、エムルハルト様の足さえ持ち上げられれば、目的は達成できそうだ。

なんとかエムルハルト様の足を整え、寝心地もさほど悪くなさそうな状態にさせた。

（よっぽど疲れていたんだろうなぁ）

寝ているときのエムルハルト様はもちろん無表情で、出会ったころを彷彿とさせる。

エムルハルト様は冷酷無愛想だと噂されていたが、今となってはそのような雰囲気はまるで感じない。今のエムルハルト様が知れ渡れば、悪評もなくなりそうだ。できるなら、好きな人が悪く思われている状況を変えていきたい。

そんな風に、寝顔を見ながらエムルハルト様のことばかり考えていた。

手で頭をそっと撫でながら、いつの間にか私も目を瞑っていた。

◇

「ん、んんんん〜」

背中にはふかふかのぬくもり。視線の先にはエムルハルト様のお顔。

エムルハルト様の顔……？

……顔⁉

「起きたか」

「ひょえ⁉」

「おはよう」

「お、おはようございます？」

私はたしか、エムルハルト様に膝を提供したまま寝たはずだ。つまり私がエムルハルト様を見下ろしていたはず。しかし、今はなぜか立場が逆転していた。

わけがわからず、ふかふかなベッドの上で固まったまま動けなかった。

「えぇと、私はどうしてエムルハルト様のベッドの上で寝ていたのでしょう……？」

「すまない。俺がソファーで目を覚ましたらシャインがグッスリ寝ていた。だからベッドで寝かせた」

「全然気がつかなかった……」

「むろん、変なことはしていない。ただ寝ている姿を見ていただけだ」

それはそれで恥ずかしいものがある。

エムルハルト様が身体を痛めないように寝かせていたのに、いつの間にか私が寝やすい環境になってしまっていた。エムルハルト様の目はしょぼしょぼとしているし、一度起きてから寝ていないのではないだろうか。

「エムルハルト様、まさか私を移動させてから、ずっと起きていたのですか？」

「寝られる環境ではなかったのでね」

「ほんとにごめんなさい……」

「いや、シャインがベッドを使ったからということではない」

「え、だったらどうして？」

「い、言えるわけがないだろう！」

エムルハルト様が顔を赤らめながらそっぽを向く。どういうわけか満足そうな顔をしているため深くは追及しないことにした。

◇

「はい、今年もどうぞ」

「わー！　ありがとう～シャーちゃん！」

お父様のお店では、毎年この時期にチョコレートを作っている。

いつも手伝っていたからか、今年もチョコレートを作りたくなった。

チョコレートは作るのにかなりの手間と時間がかかるものだけど、リゼとトムは毎年喜んでくれるからやりがいがあるというものだ。

「ねぇねぇ、シャーちゃんさぁ、クノ様にはこれあげないの？」

「うん。用意しているよ。エムルハルト様にはチョコレート味のクッキーを作ってみた」

「クノ様って、シャーちゃんの作ったクッキーをとってもおいしそうに食べるもんね」

「今回は口に合うかはわからないけどね」

クッキーの甘さに、ほろ苦いチョコレートの味をミックスしてみた。私はおいしく感じたけど、いつものクッキーを好んでいるエムルハルト様が喜んでくれるかはわからない。

ただ、好評であれば今後もチョコレートクッキーは作っていこうと思うため、チャレンジしてみたのだ。

「そのチョコレートクッキーさぁ、アタシらにはくれないの？」

「うん、ごめん……その……」

エムルハルト様に最初に食べてほしいだなんて、言いにくい。

だが、リゼたちはなにかを察したようで、『ふっふーん？』と言いながらニヤニヤしていた。

「はぁーあ、なんかクノ様に取られた感じねぇ。シャーちゃんがこんなに夢中になっちゃうなんてね」

「う……でででででも、リゼもトムも大好きだよ」

「ボクは気にしていないけどね。リゼちゃんの一番であれば十分だよ」

「だーりんのことは一番に愛してるに決まってんじゃん」

私の前でイチャイチャが始まってしまった。チョコレートをお互いに『あーん』し合って食べている。見ていて微笑ましい。

「さっすがシャーちゃんのチョコレートは最高ね！　これをお茶会で出したら、チョコレート目当てに大勢の人が集まっちゃいそう」

「大袈裟な」

「いや、リゼちゃんの言っているとおりだと思うよ。それくらいおいしいよ」

「まぁ、これ作るの結構大変だからね。毎年のお楽しみということで」

料理は大好きだけれど、チョコレートを毎日作るとなるとさすがに骨が折れる。今パティッシェ王国でチョコレートを作れるのは私とお父様くらいだと思うけど、もっと普及してほしいな。

さて、エムルハルト様は喜んでくれるかどうか。

◇

「失礼します」

「シャインか。少しだけ待っててくれるか？　もうすぐ仕事が終わる」

「はいっ！」

申しわけないとは思っていたが、今日ばかりはお昼休みの時間に彼の部屋に来てしまった。

書類をまとめるのを手伝おうかと聞いたら、喜んでくれた。

以前だったら、大丈夫だと断られたと思う。

しかし、国王陛下とお会いして、エムルハルト様にとって近しい人物だと認められてからは、こうやって共同で仕事を終わらせることも増えてきた。

「ふぅ。シャインのおかげで予定より早く終わらせることができた」

「書類をまとめただけですよ」

「それが助かるんだ。ところで、さっきから良い匂いがするのだが」

「あ、えぇと。これをエムルハルト様にプレゼントです」

　チョコレートクッキーを入れた箱を手渡した。

「開けて良いのか？」

「もちろんです」

「おお……これはクッキー……なのか？」

「今回はチョコレートクッキーと言って、クッキーに味つけをしました」

「ありがとう。食べても？」

「もちろんです」

　エムルハルト様は口の中にチョコレートクッキーを入れていく。味わうようにゆっくりと食べる。

「う、うまい！」

「良かった……」

「このチョコレートというのもシャインが作ったのか？」

「はい。これはお父様から教えてもらったものですけれどね」

「素晴らしい！　食べるのがもったいない。後生大事に飾っておきたいくらいだが、手が止まらないな」

エムルハルト様の手は止まらない。これだけ夢中になって食べてくれるのだから、作ってみて本当に良かった。

「シャインは食べないのか？」

「私は味見で十分です。全部エムルハルト様に食べてもらいたいと思いまして」

「そうか、ならば」

「へ!?」

エムルハルト様はチョコレートクッキーを手に持って、私の口に近づけてきた。

「口を開けたまえ」

「え、ええぇ？　恥ずかしい……」

「開けるのだ」

「は、はい……あーーーーーーーん」

なんとエムルハルト様に食べさせてもらう。とんでもなく恥ずかしくて、チョコレートクッキーを味わう余裕すらなかった。

「かぁぁああああああっ！」

「おいしいな」

エムルハルト様は平然とした様子でチョコレートクッキーを頬張る。私は恥ずかしすぎてしばらく固まっていた。

「大変うまかった」

「喜んでもらえて良かったです」

「これは是非とも、次のお茶会で用意してもらいたいが、作るのは大変なのか？」

「いつものものよりは大変です……って、お茶会？　またお茶会を開くのですか？」

まさかエムルハルト様の口からお茶会の話が出てくるとは驚きだった。人との交流を極力避けてきたエムルハルト様が自ら交流を求めるなんて、なんだか嬉しい。

「もうしばらく先にはなると思うが……今ならばうまくいくと思うんだ」

「今のエムルハルト様なら絶対に大丈夫ですよ！」

「これもすべてシャインのおかげだ」

「そんなことは……」

「シャインには感謝している。公爵邸はキミが来てから変わった」

「そんな……それは、リゼとトムのおかげだと思います」

「それもあるな。皆に感謝している。このような前向きな気持ちになれるとは思わなかったな」

「最近のエムルハルト様は明るいですからね」

「少し前までは世間から冷酷無愛想と言われていたがな」

いつも優しくて、時々笑顔を見せてくれて、今では冷酷無愛想な面影などないエムルハルト様。

今まで以上にモテるだろうし、ヤキモチを妬いてしまうこともあるかもしれないけれど、人との交流を増やしたいという彼の気持ちを尊重するつもりだ。エムルハルト様がどこかへ行ってしまうとは思っていないけど、私も彼に釣り合うように努力していきたい。

私はこれからもエムルハルト様の側で、もっとその笑顔を見ていたいから。

「また前回のように、トムの知人を中心に招待するのですか？」

「いや、今度は、昔関わりがあった者たちも招待したいと考えている」

「みんな喜ぶと思いますよ」

「ただ、そうなると必然的にソルド子爵とその父親も招待することになる。昔父上たちと交流があったようでな」

「ソルドのお父様も来るということですか……」

今となってはソルドと関わるつもりはないし、話しかけられても流せば良いだけだ。

だが、この前トムから聞いた話を考えると心配にはなってくる。

特にソルドの父親のことが……

「やはりシャインも心配になっているのか？」

「まぁ……ソルドはともかくとして、お父様のことが……」

「彼らに関しては国王陛下が調査をしてくれているだろう。なにかあればもちろん招待はしないし、別の場合は……」

「別の？」

「いや、なんでもない。とにかく、近々お茶会を開き、以前のように人との交流ができるようになりたいのだ。協力してくれるか？」

「もちろんです！」

「ありがとう」

エムルハルト様がニコリと微笑んだ。最近この笑顔を見られることが多くなってきていて、本当に嬉しい。エムルハルト様の笑顔は私にとっての元気の源である。

彼が喜んでくれそうなことを、これからもいっぱいやっていきたいものだ。

◇

「ねぇねぇ、シャーちゃんが毎年作ってくれるチョコレート？　あれって覚えれば誰でも作ることはできるの？」

昼食後の休憩前の時間。食器洗いを手伝ってくれているリゼが不意に聞いてきた。

「うーん、どうだろう。覚える工程が多くて時間は結構かかっちゃうけれど、決して難しいわけじゃないんだ」

「ふむふむ。じゃあさ、チョコレート作れる職人さんが増えたら王都にあのあんまーいお菓子が普及されるようになるよね？」

「そうだと思う」

「それとも、チョコレートはシャーちゃんたちの専売特許？」

「全くそんなことはないよ。むしろ、チョコレートは普及して欲しいと思っているくらい」

作る工程がとにかく多いのだ。作業効率の割に完成する量も限られているし、なかなか作ろうと思っても作れるものではない。

「あのさ、アタシの知人たちが共同でお菓子屋さんを作りたいって話があってさ。なにか良いメニューないかなって相談されてんだ」

「う、うん……」

　リゼは主に庭師として仕えているが、時々屋敷の仕事をしているトムの手伝いをすることもある。効率良く仕事をするらしく、ゼガルさんからの評価も高い。非の打ち所がない完璧激カワ令嬢だと思う。

　だが、大変言いにくいことではあるが、料理だけはなかなかひどい。

　この前の国王陛下が来るときに少しだけ手伝ってもらったが、大変だったのだ。とんでもなく変なアレンジを加えようとして、味つけが台無しになってしまったものもいくつか……彼女に相談するということは、よほど奇抜な創作メニューを作りたいということなのだろうか。

「今、シャーちゃんアタシの悪口思っていたでしょ」

「個性あふれる料理を作るよなぁって思っていただけ」

「それ、褒めていないよね。アタシが料理関係で相談されたことに驚いているでしょ」

「……挑戦することは大事だと思うよ」

「はぁ。そうじゃなくてさ、アタシに相談してきたのはシャーちゃんの親友だからなんだよね」

「はい？」

「この前のお茶会からシャーちゃんの料理の噂がすごくてさ、だからアタシ経由でアドバイスが欲しいんだって」

本当に、どこまで噂広がっているんだよ……

あの日はかなり気合いを入れて作った料理ばかりだったけれど、そんなに噂になるとは思えない。

もしくは国王陛下が気に入ってくださったからかもしれないが。

「別に直接教えるのだって構わないよ。エムルハルト様の許可が下りればだけれど」

「助かるー！　みんな真面目だし素直だから、クノ様が心配するような人たちじゃないってことは保障するよ」

「リゼやトムの知り合いって本当に良い人たちばかりだよね」

「まぁね。つき合う相手はしっかり選びたいし」

リゼとトムの知り合いがとても良い人たちだということは、この前のお茶会でよく理解している。

その人たちにチョコレートの作り方を教えて、それが王都に広まってくれたら本当に万々歳だ。

私に色々な料理を教えてくれたお父様も、『いつかみんなが作れるようになってくれたら最高だ』などと言っていた。

だから、あらゆる料理が王都に広まってくれたらとても嬉しい。

「じゃあ、このあとすぐにでもエムルハルト様に確認してみる。多分ダメとは言わないと思うから、そのときはこの公爵邸に来てもらう感じで良いのかな？」

「そのほうがクノ様的にも安心でしょ」

「そうなの？」

「だってさ、シャーちゃんのことすっっっっごく溺愛してるじゃん。外に出られるより公爵邸内にいてもらったほうがクノ様も心配しなくて済むし」

「ひょえ……」

私は顔を真っ赤にしながら恥ずかしくなってしまった。

エムルハルト様と清く正しいおつき合いをしつつ、時折手や身体に触れたときはどうしようもないほどのドキドキが発生する。

しかも、ここ最近はエムルハルト様のほうからスキンシップをしてくることが増えたのだ。

ラブラブあまあまなどと親友から言われてしまうと、照れてしまう。

「まっかっかなシャーちゃんも可愛い」

「からかわないで」

「ごめんって。でも、本当に頼りにしているんだからね」

リゼがあははと笑いながら背中をポンポン叩いてきた。

リゼとトムが公爵邸へ来てから、大きな変化が色々と起きている。

今回もきっと、良いことが待っている。なんとなくだが、私はそんな予感がしていた。

◇

「そんなに大勢来るかもしれないの？」

「シャーちゃんからお菓子作りを習えるよって言ったら、関係者はもちろん、それ以外の人にまで話が広がっちゃったみたい……ごめん」

エムルハルト様からの許可は下りたが、念のために参加予定の者の名簿を提出することになっている。情報をまとめるために、希望者は公爵邸に手紙を出すようにリゼに伝えてもらったのだが、想像以上に参加希望の手紙が殺到《さっとう》した。

その数、百通以上もある。

「シャーちゃんがそれだけ人気があるというか、期待されているってことだよね」

「いやいや……さすがに全員がそうだとは思えないけど」

「確かに、クノ様に会えるかもしれないって好奇心の人も何人かはいるね。手紙を見た感じだと、アタシの知らない人も結構いるし」

さすがに全員を厨房《ちゅうぼう》に集めることはできない。希望者全員にチョコレートの作り方を覚えてもらい気持ちはあるのだが……どうしたら良いものか。それにエムルハルト様のことを考えると、リゼの知り合いの範囲内に留めておいたほうが良い気もする。

こういうときは、エムルハルト様に長年支えている執事に聞くべきだろう。

幸いゼガルさんは、大量の手紙を一緒に確認してくれている。

「ふむ……旦那様のことを考慮《こうりょ》するとすればリゼ様の知り合いに絞ったほうがよろしいでしょう。旦那様が前向きに人づき合いをしようとしているとはいえ、やはりどのような者が来られるのか不明の状態では不安はあります。公爵邸の防衛や護衛関連は弱いですからね」

「私も、よく考えたら百人以上に教える自信はないかも……」

「ほんっとごめん！　せいぜい五十人くらいだと思っていたんだよ……」

リゼが本気なのか冗談なのかが良くわからない。五十人でも多すぎだろう。

「こほん。しかしながら、ある程度の条件を満たせば、全員を公爵邸に招き入れても良いかもしれませんね。あくまで私の考えですので、旦那様の許可は必要になりますが」

「ゼガルさんがそう言うのであれば私は構いませんが。でも、私にそんなに多くの人に教えることができるかな……」

「シャイン様は大変素晴らしい料理の腕前をお持ちです。しかし、今まで誰かに教えた経験はあまりないのでは？」

「そうですね。どうしてわかったのですか？」

「失礼ながら、今までの会話で概ね把握いたしました。私ももちろんですが、新米使用人百人をいっぺんに教えることなどはできません。ですが、他に方法はありますからね」

ゼガルさんがほっほっほとにこやかに、なにか秘策があるような言い方をした。百人同時に迎え入れても、うまく料理を教えられる方法があるのならぜひ知りたい。

「良い目をしていますね。さすがシャイン様です。ほとんどの者は厨房《ちゅうぼう》の外から順番に見学するという形にしましょう。リゼ様の知り合いの関係者の方と、他数名を中心に教えるのです。見学の者たちは見るだけでも多少の勉強にはなるでしょうし、不足部分はシャイン様が教えた方々に補っていただければ」

「そ、そんなので良いのですか？」

「もちろん、お菓子のできを良くするためには何度か足を運んでもらう必要はあるかと思います。ただ、これには利点がありまして、覚えたことを誰かに教えるという行為は実はとても大事なことです。私も過去使用人を教育していたころはそのような指示をしておりました」

そう言われてみれば、私もお父様から料理を習った際、何度かお父様から『俺から習ったことをそのまま俺に教えてみろ』と言われたことがあった。あのときは、ミスしたり間違えていたりしたらしっかりと教え直してくれていたなぁ。

そうだったのか、あれは私が覚えているか確認するためだったのか。

「さっすがゼガ様！　あれはそういう意味だったのですね！」

「そういうことです。他人に教えるには、ご自身の脳内でしっかり物事を処理する必要があります。そして、実際に教えてみることで、自分が本当にできているかどうか確認できます」

「あのときはゼガ様がお年寄りで、忘れちゃったのかと思ってしまいましたわ……」

リゼが感心しながら首を数回縦に振る。

「ほっほっほ、五十を過ぎておりますが、まだまだ元気そのものです」

いつの間にゼガルさんとリゼは仲良くなっていたのだろう。

リゼも庭師の仕事に加えて使用人の仕事を覚えるようになってから、ずっとゼガルさんにつきっきりだったからなぁ。ゼガルさんも、『自分の娘ができたみたいで嬉しい』なんて言っていたし、リゼの真面目さが評価されたのかな。

「私はそのやり方でよければやってみようかと思います。ある程度の条件とは？」

「公爵邸の人員の増員です。そろそろ公爵邸も本腰を入れて本来の姿に戻すべきかと愚考しておりまして。護衛と警備の強化をしようかと」

「なるほど……」

　護衛と警備の大幅な増員ともなると、使用人や料理担当も増員することになるのかもしれない。今までは私とリゼ、トム、ゼガルさん、エムルハルト様の分の料理だけで良かったため、一人で十分まかなえた。

　けれど、いきなり数十人規模となると、さすがに全員分を作れるかは不安である。量が何倍にもなるため、買い出しもかなり大変になるだろう。

　でも、いつかそうなるんじゃないかとは思っていた。エムルハルト様にとっても喜ばしいことであるし、私もいつかはそうなってほしいと思っていたことである。

「そんなに早く人って集まるものですか？」

「旦那様の許可が下り次第、私がすぐに知人を中心に声をかけに行くつもりであります。翌日には配属させることも可能でしょう」

「さすがゼガル様」

「その際は忙しくなりますね……トム様にも仕事を全て覚えていただかないといけませんね。頑張ってもらいましょう」

「バッシバシに教育しちゃってください」

「ほっほっほ。覚えが良く、今でも十分やっていけるとは思いますよ。さて、私が旦那様に提案をして参りましょう」

大きな城のような建物の中に、たった五人だけで住んでいた公爵邸。

もしかしたら、これを機会に大きく変わるのかもしれない。

◆

「良いかルミミ男爵令嬢よ。どうせこの仮縁談は父上に破棄《はき》される。ルミミは俺のことを愛しているフリだけしてくれれば良い」

「は、はいソルド様。かしこまりました……」

少々乱暴だとは思ったが、なんとしてでもシャインとの婚約を復活させるべく奥の手を使うことにした。

俺が今話しているのは、近々お菓子の店を作ろうとしている男爵令嬢のルミミという女だ。

彼女は俺と同い年で、容姿も整っているし、すらりとした体形は魅力すら感じられる。さらに、シャインと同じく料理に力を入れようとしている、父上の協力を得るにはうってつけの女だ。

「もはや俺だけでは目的の女を振り向かせることが困難になってしまった。俺が領地を所有してのびのびと生活をするためには、どうしても父上の協力が必要なんだ。頼むから俺に協力してくれ」

「ソルド様のご命令には逆らえませんゆえ、従う所存でございます……」

「ふん……まぁ良い、安心しろ。タダでとは言わん。うまくいった暁には、領地の儲けでルミミの店の支援をしてやる」

子爵としての金と権力を使えば、女など服従《ふくじゅう》させるだけならば簡単だし、男爵令嬢など俺の駒として使える。だが、その権力も子爵としての地位があるから。俺はなんとしてでもこの地位を手放すわけにはいかないのだ。

父上が俺に領地と爵位を継承する上で欠かせない条件は、シャインとの結婚だった。領地で好き放題ができるのならば、シャインと結婚し、あとは領地で彼女を放牧しておけば問題はない。

もう一度、シャインとなんとか縁談を進めないと俺は先へ進むことができない。父上のことは頼りたくはなかったが、もうこれしか方法が思いつかなかった。

かりそめの恋人としてルミミを連れ、父上の部屋へ入る。

「父上、恋人を連れてきました」

「な！　なにを馬鹿なことを言っている⁉　シャイン嬢はどうした？」

予想どおり、父上は目を大きく見開きながら驚いていた。

「シャイン同様、料理ができる女性です。これならば問題ないでしょう？」

「そういうことを言っているわけではない！」

「彼女は男爵令嬢ですが、それが不服とでも？」

「馬鹿者！」

父上は怒っている。よしよし、ここまでは想定していたシナリオどおりである。もうプライドも見栄も捨てるしかなかった。俺は今、芝居をしている。

「男爵令嬢と言ったな。もうソルドには期待せん！　好きにしろ。その代わり、爵位や領地の件は全て無効とする」

「なんですと？」

「シャイン嬢の貴族としての地位、そして将来的な期待があるからこそ領地をやれると思ったまでだ。見たところ、その女性にはシャイン嬢に勝る点があるとは思えん。残念だが理解しろ」

父上は俺が想定していたとおりの言葉を述べてくれた。

これで、堂々とこの場で宣言できる。

「ならば、……やはりキミとはつき合えない。すまない」

俺の演技にルミミも合わせてくる。ルミミは悲しそうな表情をし、それを見ていた父上は信じられないといった表情を浮かべていた。

よし、今回は完璧だ。

俺のなんとしてでも領地と爵位を手に入れ、後を継ぎたいという意志が父上にしっかり伝わっていれば良い。その強い意志を伝えた上で、シャインと再び結ばれるよう努力しているがうまくいかないと初めて相談することができる。

そして、父上の協力を得ることができるのだ。

「ソルド！　おまえ、本気で言っているのか!?」

「今の俺にとって、大事なのは愛する者よりも貴族としての責務です。ルミミには大変申しわけないとは思いますが」

「ほう……？　では、ソルドよ。今ここでその女性を捨てる判断もするというのか？」

「ルミミ、すまないが出ていってくれ。二度と俺に関わるな」

「は……はい……」

ルミミは泣きべそをかきながら部屋から出ていった。泣きべそを見た瞬間、ルミミのような綺麗な女と一緒にいるのも悪くなかったという気になる。むずがゆい気持ちになってしまったが、今は目的のためだ。仕方がない。

「なるほど……やはりソルドも私の子のようだ。目的のためならば、なんでもする覚悟を持っている。その判断力は高く評価する」

「貴族として責任があります。ですが、俺の力だけではシャインと再び婚約することが極めて難しく……。だから代わりの女を探したのですが」

「残念だが、シャイン嬢でなければダメなのだ。それに状況は概ねこちらでも把握している。エムルハルト＝クノロス公爵邸に仕え、しかも公爵と交際中のようだな」

「知っていたのですか……」

「……あぁ。ソルドが私のあとを継ぐために本気だという気持ちは良くわかった。それに、やはりシャイン嬢と結婚してもらわないと私としても困る。今回に限り、私も力を貸すとしよう」

父上のあとを継ぎたいというよりは、権力を得て領地でのんびりしたいだけだ。シャインと結婚することもどうでも良い。ようやく父上が動こうとしてくれているのだから、もちろんこのまま誤魔化すつもりだが。

　ところで、どうして父上はそんなにシャインと結婚させたがるのだろうか。伯爵令嬢だったら他にもいるというのに。

「しかし、クノロス公爵が相手では……」

「問題ない。ソルドにはそろそろ話しても良いだろう。六年前にクノロス公爵の両親が事故死した件は覚えているだろう？」

「え、は、はい……」

　ちょうどそのころ、俺たち幼馴染《おさななじみ》の四人は、よくゾイレ子爵家でかくれんぼをしていた。

　ある日、トムが父上に説教をされたことがある。よほど父上を怒らせるようなことをしたのだろうと思い、あいつのことを憎く思った。幼馴染《おさななじみ》とはいえ、たかが男爵家の分際で、忙しかった父上の手を煩わせるなんてと。

　あの日以来、俺はあいつらを差別するようになり、シャインにも強くあたるようになったんだった。父上を怒らせてびくびくするようになったトムと、あいつを庇うリゼとやたら仲良くしていたから。

　同時期に母上も亡くなった。俺の精神はどんどん崩れ、イライラすることも増えた。貴族という立場だけが俺の味方で、それを利用するしかもう道はないと思った。

　今さらあのころを思い出したが、……幼いころは楽しかったな。

「あれは事故死ではなく、毒殺だ。私の仕事の邪魔ばかりしていたからな。私の手にかかれば、王族が相手であろうと簡単なことなのだよ」

「な!?」

「驚くのも無理はないか。表向きには善人子爵を貫いていたからな」

「で、では、あのころやたらと忙しかったのは……それに、幼馴染《おさななじみ》のトムを説教していたのは……」

「過去のことをいちいち覚えてはいない。いや、待てよ……思い出した。あれは不運な出来事だったな。トムは私と幹部のやり取りを目撃してしまったのだから。話を聞かれていたらマズイのでな、口封じに記憶を失う飴を舐めさせたのだよ。さすがにソルドの幼馴染《おさななじみ》を殺したくはなかったのでね」

「……そのショックでトムの性格が変わったということですか」

このような父上を見るのは初めてだ。

何事にも動じず、ニヤリと微笑み勝ち誇った表情を浮かべているのは。

「それにしても、やはりソルドには素質がある。私の話を聞いても逃げ出すことはしなかった」

こればかりは違う。逃げたかったが、恐くて逃げられなかったのだ。いくら父上とはいえ、このまま俺が下手なことを喋ったら確実に殺される。そういう目をしていたのだ。

俺は必死に誤魔化した。

「俺は父上の子ですから」

「よし、まずは合格だ。ここで逃げ出すならば息子とはいえ処分するつもりだった」

予想どおりだ、危なかった……父上に逆らえば大変な目に遭うことくらい、今までの経験からわかっていた。

だが、今回はそんな次元ではない。すぐに逃げだして助けを求めたい気持ちはある。

それでも自分の願望だけは捨てられなかった。こんな状況でも、俺は子爵としての権力とのんびりした生活を望む。

「俺は……領地を任され子爵としてやっていきたいです」

父上の過去がなんであれ、俺の意志は決して揺らぐことなどないのだ。

むしろ、無敵とも言える父上を味方につければ、すんなりとシャインを連れ戻し、領地を手に入れることができるのではないだろうか。

この瞬間、部屋の外でガタンという物音がした。まさか。ルミミがまだいたのではないだろうか。

すぐに振り向き部屋のドアを開けようとしたが、その前に父上が動いた。

「ソルドよ、伏せろ」

「え？」

無意識に身体を床につけようとしたとたん、ドアを吹っ飛ばすほどの衝撃が『ドンッ！　ドンッ！』と響いた。

「気のせいだったか……」

「え、父上？　今なにを？」

「遠い異国から裏ルートで仕入れていた強力なライフルだよ。聞き耳を立てられていたかと思ったが、違ったようだ」

父上の行動を見て、鳥肌がたった。もしもルミミが残っていたとしたら、今ごろきっと……

「とまあ、私は裏では非情な男だ。今回はソルドの強い意志を認め、手を貸そう」

「なにをしていただけるのですか？」

ここが一番の疑問点だ。父上がシャインを殺すことはまずないだろう。

と、なると……

「クノロス公爵を始末する。毒殺以来、あの男は極度の人間不信になり人との交流を避けていた。おかげで放置できていたのだがな」

「でも、今はなぜか人との関わりを持つような動きをしていますが」

「そのようだな。幸いなことに、ちょうど数日後にあの家で妙な企画を行うらしい。スパイを送り込んで様子を探ることにしよう」

「すぐには行動しないのですね」

「より確実に任務を成し遂げるには、時間をかける必要がある。まずは情報を集めることが大事だ。ソルドも覚えておくが良い」

「は、はい」

最初は父上が国にとって危険な人物であったことを知り、逃げたいと思っていた。

しかし、話を聞けば聞くほど、俺にはない考え方や行動に対して尊敬してしまう。

公爵を毒殺したのに世間には全くその事実を知られていないし、父上も捕まっていない。よほどの覚悟があるのだろう。

そんな父上についていけば、俺は領地でもなにをやってもバレず許されるという、無双生活を送ることができるのではないだろうか。これからは父上の言うことをしっかり聞くことにしよう。

俺も父上と同じ道を辿ることにした。より自由な暮らしをするために！

第六章

クノロス公爵邸がさらに賑やかになる。

ゼガルさんの言ったとおり、大勢の護衛と警備を雇うことになり三十人近く常駐する体制が整った。

「さすがはゼガルだ。わずか数日で勤務体制を整えてしまうとはな」

「王宮に顔が利くうちは、これしきのことは問題ありませんよ」

「私のところに配属はないのですね……」

これからは料理を作る量も多くなる。料理長をやっている身としては、お手伝いしてくれる人がいたほうが助かるのだが……

「大丈夫ですよ。料理は今までどおり、旦那様、シャイン様、トム夫婦、そして私の五人分で結構です」

「え？」

「住み込みではなく、皆が当番制ですから食事の用意は不要という契約にしています」

「おなかが空いてしまうのでは……？」

「元よりその契約ですし、きちんと交代できるようしておりますから心配には及びません。それに、シャイン様の料理を提供してしまえば、もしかしたら惚れてしまう人もいるかもしれませんね」

「からかうな！」

「ほっほっほ、旦那様も昔のように話して下さるようになりましたね」

いくら交代するとは言っても、仕事の途中でおなかを空かせてしまう人はいるだろう。料理は多めに作るようにして、食べたい人には食べてもらえるような体制を作ってもらおうかな。

余ったら私が食べれば良いわけだし。太らないように計算しなくては。

「王宮にも仕えたことのある、腕のたつベテランを集めております。過去の警備状況よりも強固にしてありますゆえ、この状況下でなにか起こるようなことはまずないでしょう」

「うむ。すまないな」

「いえ、実はこの件で王宮に伺った際、過去の事件の犯人の目星がついたと伺ったのです。なので今が一番、警備に力を入れるべきかと」

「目星だと？」

エムルハルト様の表情がかわる。

まるで、標的にトドメをさす直前のような殺気すらあった。

「まだ明確な証拠などが揃っておりませんゆえ、これ以上の発言は差し控えさせていただきたく」

「……あぁわかった。引き続き頼む」

そこまで警備を厳重にするということは、もしかしたら意外と身近なところに事件の関係者がいるのかもしれないと思ってしまった。あまり疑うのは良くないし、これ以上は深く考えないでおく。

人が集まったというのに、少々不安が残ってしまった。

　しかし、それだけの厳重体制であれば、なにかありそうな状況になればすぐに誰かしらが気付きそうな雰囲気だ。今までのような落ち着いた雰囲気ではなくなるかもしれないが、すぐに慣れるだろう。

「ひとまず準備は整いましたので、いつでもシャイン様のお菓子講座を開催していただいても結構です」

「ありがとうございます。今回、開催中はエムルハルト様は自室に待機していらっしゃるとのことですが」

「あぁ。ゼガルからそう言われている。俺としてはシャインの講座を見学してみたかったのだが」

「んんん？」

「本音を言えば、料理を習いたいというよりも、シャインが輝いている姿を見たくてな」

「かぁぁぁあああっ！」

　本人からそう言われてしまうと恥ずかしい。顔を真っ赤にしながら両手を頬にあて、変な声まで出てしまう。ゼガルさんが、いつものようにほっほっほっと笑っていた。

「旦那様、シャイン様は常に輝いておられますゆえ、今回ばかりは我慢を」

「うむ。ゼガルの指示に従うとしよう」

「二人とも私を持ち上げすぎですよ……」

「持ち上げてなどいない。そのままのことを言ったまでだ」

「シャイン様は自己評価が厳しすぎますから、そう思うのでしょうね」

「うぅっ、ととととにかく、近日中にお菓子講座は開催させていただきます。環境も整えてくださりありがとうございます」

「いえいえ、シャイン様の行動によって王都に変化が起こるかもしれないと思うだけで、私自身も大変ワクワクしております」

チョコレート作りを教えるだけである。確かにチョコレートが普及するようになったら嬉しいとは思うが、王都が変わるほどのことにはならないだろう。

私はただ、やれるべきことをやっていくだけだ。

◇

「「「「「「「「「「シャイン様！　よろしくお願いいたします！」」」」」」」」」」

さすがに緊張してきた。

お菓子講座当日、多くの人が公爵邸に集まってきた。厨房《ちゅうぼう》の外で見学になってしまう人たちがほとんどだが、果たして本当に良かったのだろうか。だが、今この状態で引き返すわけにはいかないし、私はしっかりと教えられるように最善を尽くすのみだ。

「では、予定どおり、お菓子屋さん代表のルミミさんと、お菓子作り経験者の四人は厨房《ちゅうぼう》へ、それ以外の方々は外から見学してくださいね」

「ルミミと申します。あの……この度は……」

「かしこまらなくても大丈夫ですよ。気楽にしていただいて、楽しみながら作ったほうがおいしいものが出来上がりますから」

「は、はい……」

ルミミさんは男爵令嬢だそう。公爵邸に足を踏み入れてかなり緊張してしまっているのかな。私もこの公爵邸に初めて来たときはものすごく緊張していた。

それにしても私のことを何度もちらちらと見てくるのはなんでだろう。まぁあまり気にしても仕方がないか。

私は彼女たちにチョコレートの作り方を徹底的に教えればそれで任務完了だ。

全員を連れて、厨房《ちゅうぼう》へ向かった。

◇

結論だけ言うと、お菓子講座はバッチリだった。

ルミミさんたちが一度でしっかりと覚えてくれた。復習のため二回目は私にチョコレート作りを教えるという形で進行してもらった。ほとんど修正を加えることもなかったし、これならば見学してくれていた人たちへ教えることもできるだろう。

「本当にありがとうございました。丁寧でわかりやすく、優しい先生で、作っていて楽しめました」

「それは良かったです。もしも実際に作っていてわからなくなったり不安になることがあったりしたら、いつでも声をかけに来てくださいね」

「は、はい！」

ルミミさんが頭を下げると、他の人たちも全員私に頭を下げてきた。はっきり言って、恥ずかしいしそこまで大それたことまではしていないと思う。

残念だったことは、見学中に体調を崩してしまった人が二人いたことか。厨房《ちゅうぼう》の外とはいえ、あれだけの人口密度だったから体調を崩してしまっても無理はなかったのかもしれない。

今度から、料理を教えることがあったとしても、大勢になりすぎないように気をつけないと。

「じゃあ、今日はここまでにします。みなさん長い時間お疲れさまでした」

「「「「「「「ありがとうございました」」」」」」」

順番に外へ出ていき、厨房《ちゅうぼう》にいた人たちもルミミさんを除いて外へ出た。

「あのう……シャイン様。このあと少しお時間はございますか？」

「あ、はい。構いませんよ。なにか気になることがありました？」

「いえ。チョコレート作りに関しては本当にわかりやすく、すぐに実践したいなぁと思っています」

「良かった。あれ、となると……？」

ルミミさんの表情が一変、とても恐がるような顔になってしまった。

そして、まさかのことを聞かされた。

「大変失礼なことを承知のうえでお尋ねしますが、ソルド＝ゾイレ子爵様の元婚約者だったのですよね？」

「そうでしたよ。でもどうして？」

「あの……先日わたくし、ソルド子爵様の命令であの方の家へ行ったのです」

それだけの報告で、彼女から汗が流れていた。これはただ事ではなさそうだと思い、厨房《ちゅうぼう》の扉を閉めて完全に二人きりになる。念のため、厨房《ちゅうぼう》の外には護衛に二人待機してもらっている。

ルミミさんを椅子に座らせ、冷たい水を渡した。

「ありがとうございます」

「これで誰も聞いている者はいないでしょうし、遠慮しないで話して良いですよ」

「は、はい。話したいのはソルド子爵様のお父様のことで……あの方が、エムルハルト＝クノロス公爵様のご両親を殺害したと……そういう会話を聞いてしまいまして」

「な⁉」

どういうことかすぐに理解できず、ルミミさんになにがあったのかを詳しく聞くことにした。

ソルドが私と再び婚約するために彼女を利用したこと、ソルドの父親がエムルハルト様のご両親を毒殺した首謀者であるのではないかということ。

……さらに、記憶を失う飴を舐めさせたという話をしていたと聞く。これは明らかにトムのことだし、ルミミさんが言うことは全て事実なのだろう。

私は鳥肌がたち、いてもたってもいられなくなって、護衛に頼んでゼガルさんをここへ連れてきて欲しいとお願いした。

エムルハルト様にもお伝えしたいが、いきなり話して良いものかわからなかった。

しばらくして、ゼガルさんも厨房《ちゅうぼう》へ入ってきた。

「お待たせしました。どうされましたか？」

「ルミミさん、今話してくれたことをもう一度こちらの方にも話していただけませんか？　彼は信用できる人物ですから」

「は、はい。実は……」

同じことを丁寧にゼガルさんにも伝えてくれた。

だが、ゼガルさんは驚く様子もなく、感心したように聞いている。

「なるほど、これは大変貴重な情報ですね。よく我々を信用して話してくださいました。ありがとうございます」

「妙に冷静ですね。私は寒気が走ったくらいですのに」

「いえいえ、こちらもある程度は把握しておりましたので。ただ、ルミミさんの証言のおかげでより核心に迫ることができたと言えましょう」

「話せて……ホッとしました。ありがとうございます」

まさかお菓子講座で貴重な情報を聞けるなんて思わなかった。

それにしても、ソルドのお父様とは過去に何度かお会いしたことがあるけれど、そのようなことをする人には見えなかった。

　私、ソルドから婚約解消されて本当に助かったな。

　ソルドまでもが犯罪に手を染めたりはしないことを願いたい。

「あぁ、ところでシャイン様にお願いと報告がございます」

「なんでしょうか？」

「まずはお願いですが、旦那様には決して今の話は伝えないようお願いいたします」

　ゼガルさんの顔が真剣だった。理由を聞きたかったが、そんな雰囲気でもないため、すぐに了承の返事をする。

「それからお菓子講座に参加され、途中医務室へ行った女性お二人ですが、脱走され、旦那様のお部屋に入ろうとするところを捕らえました。これは不法侵入に該当します」

　寒気がするような話を聞かされたあとだから、余計にエムルハルト様のことが心配になってしまった。

「なっ！　エムルハルト様は!?」

「ご無事です。あらかじめ旦那様には別の部屋に移動していただいていました。これも計画通りでしたのでご安心ください」

「良かった……」

「シャイン様、詳しくはのちほどお話しいたします」

　お菓子講座でそんな事件が起きるとは。エムルハルト様に迫りたいからってそんなことまでして会いにいくなんて！　許せないっ！

「彼女らは、旦那様に好意があったのではありませんよ。むしろ厄介なことに、彼女らはおそらく過去の事件に関与する者でしょうから」

「え……」

本当にエムルハルト様は大丈夫なのだろうか。

もしもなにかあったら、絶対にその人たちを許すことなどできない。大事にならないで済んでホッとした反面、これからはもっと警戒するようにしようと強く心に刻んでおいた。

◇

「良かった……無事で！」

お菓子講座はそれほど長い時間ではなかったが、久しぶりにエムルハルト様と会えたような気分だった。ゼガルさんからは無事だと言われていたものの、エムルハルト様のことが心配でたまらなかったのだ。泣き出してしまいそうだったが、エムルハルト様がそっと私の頭を撫でてくれる。

「俺を心配してくれていたのだな。ありがとう」

「襲われでもしたらどうしようかと……」

「それは俺も同じだ。シャインが危険な目にでも遭うようなことがあってはならない」

場所を考えずに私たちはギュッと抱きしめ合った。

「こほん！　私の前でそのような行為は避けてもらいたいものですな……」

ゼガルさんが一緒にいたことをすっかり忘れていた。

ハッと気がつき、すぐお互いの腕を離した。

「これは私個人の意見ではありますが……旦那様は今後、なるべく外へは出ずに、外部の人間も極力公爵邸へ入れないようにしたほうがよろしいかと愚考いたします」

ゼガルさんが真剣な表情で訴えている。こうなってしまったのは私のせいだ。公爵邸でお菓子講座なんてしてしまったから……

「危険な状況にさせてしまい、申しわけございません」

私はしっかりとした口調で謝罪した。しかしエムルハルト様は、呆れたように言った。

「こうなることはわかっていた」

「え？」

「俺の両親は事故ではなく毒殺されてしまった」

いつものエムルハルト様の優しい顔に戻ったため、私も普段どおりの接し方に戻した。すると、エムルハルト様は満足げな表情を浮かべる。

「その犯人は捕まっていないのだ。俺自身、常に命を狙われている身だと思っている。シャインが謝ることではない」

「で、でもそうと知っていながらここでお菓子講座を開催してしまったから……」

「むしろ感謝しているんだ」

「へ？」

「命を狙われているからと言って、ずっと殻に閉じこもったままの生活は窮屈《きゅうくつ》だし孤独だった。それを解放してくれたのが……シャイン。キミだ！」

今回は怒られるべき事案だと思っている。

エムルハルト様を元気にさせたいとは思っていたけれど、それとこれとは別だ。危険な目に遭わせてしまったのに感謝されるのは違うと思う。

「俺が前に進まなければ、いつまで経っても両親を毒殺した犯人も捕まらない。逃げ腰になるのはもう終わりにしたかった。だから、シャインが責任を感じる必要などないと言っている」

「で、でも……」

「良い教訓になったんだ。おかげで、どう警備を配置すれば良いのか、俺はどこにいたら良いのか、改善する方法もわかった」

確かにそう捉えることもできるんだろうけど……エムルハルト様は優しいから、気遣ってそう言ってくれてくれている気がした。

「言っておくが、本心だぞ」

「え？」

「シャインのことだ……おそらく俺が気を使ってそう言っているとでも思ったのだろ？」

「なんでわかってしまうのですか？」

「……シャインのことを毎日誰よりも見ているからな」

こんなときに甘い言葉を言わないでほしい。

「こほん……惚気は旦那様のお部屋で行っていただくとして……」

ほら、ゼガルさんに呆れられてしまったではないか。私が浮かれ気分を抑えられなかったのがいけないんだけれど。

「今回脱走し、旦那様の部屋に無断で侵入した者たちの処遇ですが……王家に連なる者のプライベート空間への無断侵入は極刑になります」

「……シャインが無事だったのならば極刑にせずとも構わない」

「左様ですか？」

「それに、伯父様が調査している例の件となにか関係があるのではないかと思う。生かしておいたほうが重要な手がかりが掴めるかもしれないだろう」

「承知しました。本来ならば問答無用で処刑されますが、今回は侵入者たちを利用しますか」

「ふ……シャインを不安がらせたことを後悔させてやろう」

エムルハルト様は久々に冷酷な笑みを浮かべていた。恐くてなにも言うことができなかった。

◇

リゼとトムの食事を出す。

普段はエムルハルト様と一緒に食事をさせてもらっているが、今日に関してはゼガルさんとエムルハルト様の二人で食べていた。昼間の事件のことで大事な話し合いをしているためだ。

よって、今夜は幼馴染《おさななじみ》三人で一緒に食べている。

三人共、普段と比べるとどんよりとしていた。

「あんなことがあったのに、シャーちゃんはもう平然とおいしい料理を作るんだねぇ……アタシには絶対できないわぁ」

「料理は私の仕事だからね。料理長としてキッチリ作らなきゃ」

「シャイン様は昔から責任感が強いよね。もっとはやく愛想が尽きてもよかったのに、ソルドとも別れようとしなかったもんね」

「ほんとそれ！　でもさ、今はクノ様もいるんだし、絶対に無理しちゃダメだよ？　辛かったら料理も休むんだよ」

「うん、ありがとう」

二人と話していると、心が和む。

正直今日の料理は集中できなかった。エムルハルト様が危険な状況になってしまったし、平和だった公爵邸の雲行きが怪しくなってきたのだ。

ゼガルさんは問題はないと言ってくれていたが、やはり心配である。

こんなとき、二人が一緒にいてくれるのは心強かった。

「でさあ、犯人ってなにが目的でクノ様の部屋へ侵入したのか、まだ白状していないんでしょ？」

「そうみたい。護衛と警備の人たちが取り調べをしているみたいだけど……」

「ただの侵入者じゃないってことだよね」

「え？」

「だってそうじゃん。ただクノ様が好きで近づきたくての行動だったら、さっさと自供できるでしょ。喋れないってことは、それだけ黙らなければならないなにかがあるってことじゃん」

リゼの発言はいつもながら核心に迫っている。

「今日は一緒に寝たほうが良いかもしれないよ？」

トムは真剣な表情で私に向かって言ってくる。

「リゼと一緒に寝るってこと？」

「違うよ。クノロス様とだよ」

「ひょえ!?」

絶対に冗談などを言わないトムがとんでもないことを言いだした。一緒に寝たことなど……ある。とは言っても、不本意ながら一緒の部屋で寝てしまっただけだ。

なにもしていないし、なにもされていない。お互いに望んで寝るといったことはまだしていないから、想像しただけで私の顔は真っ赤になってしまった。

「だね。シャーちゃんがそばにいるだけでクノ様も気持ちが違うだろうし。それにシャーちゃんも今日は一人じゃ心配で眠れないでしょ」

「それはそうだけど……」

「せっかくなんだし、王子様に添い寝してもらったら？」

「そそそそ添い寝!?」

いきなりリゼはとんでもないことを言いだした。

一緒に寝ると言っても、同じ部屋で寝る程度にしか考えていなかった。添い寝を妄想しただけで、頭の上から湯気《ゆげ》が出るような感覚だ。

「シャーちゃんはピュアだねぇ。まぁ添い寝は半分冗談だけれど、一緒にいたほうが良いと思うよ」

「半分って……あとでエムルハルト様に相談してみる」

「アタシらもなにかありそうだったら協力するから、絶対に平和な公爵邸にしていこうね」

リゼとトムの優しさのおかげで、私は癒された。二人がいなかったら今ごろパニックになったままだったかもしれない。

少し遅くなってしまった食事を終え、食器類を片していたところで、ゼガルさんがやってきた。

「旦那様から至急の呼び出しです。片づけは私がやっておきますので、シャイン様はすぐに旦那様の部屋へ向かってください」

「は、はい!」

まさか相談する前に向こうから声がかかってくるとは……このままと言われても、まだ心の準備ができていない。

しかし、ゼガルさんの真剣な表情に逆らうことなどできなかった。

「すぐ向かいます」

料理をしたせいで少しだけ汚れている服のまま、エムルハルト様の部屋のドアをノックする。

「疲れているところを呼び出してすまないな」

「いえ、失礼します。至急と言われましたので、なにか重要なお話があるのでしょう？」

言葉を崩さずにしっかりと主従関係をわきまえて話す。真面目なときに恋人同士の崩した口調はさすがにできない。

「重要といえば重要だ。ひとまずいつもどおり、紅茶で良いか？」

「へ？　あ、はい。ありがとうございます」

「あまり堅くならなくとも良い」

ここで私の中で疑問が浮かぶ。エムルハルト様は、おそらく今日の事件についての話をするつもりだろう。それは呑気に紅茶を飲みながら話すようなことではないはずだ。

いつもエムルハルト様は大事なときは恐いくらいに真剣な表情をする。

しかし、今のエムルハルト様はどこか安心したような、照れたような笑みを浮かべていたのだ。なにを話すつもりなんだろう。

いつものように紅茶とクッキーが用意され、私は二人用のソファーに腰掛ける。

すると、エムルハルト様はあたりまえのように私のすぐ隣に座った。思わず聞いてしまう。

「あの……重要な話とは？」

「実は、シャインに協力してもらいたいことがある」

「そんなにかしこまってどうしたのですか？」

「正直どうしたものか迷っている。シャインを危険な目に遭わせてしまうかもしれないことを頼もうとしているのだ」

「エムルハルト様の頼みごとで私にできることなら、なんでも引き受けますよ」

力になれるのなら協力したい。迷惑をかけてしまったからとかではなく、彼のためにならどんなときであってもなんでもしたいと思っている。

「昼食会を開いてほしいのだ」

「へ？　全然構いませんけれど……」

拍子抜けしてしまった。こんなときに昼食会を開催すること自体が謎だが、きっとなにか考えがあるのだろう。

しかし、エムルハルト様は躊躇いながら言ってきた。

「ただし、今回はシャインたち幼馴染《おさななじみ》四人で昼食会を開いてもらいたい……」

「な!?　なぜですか？」

できれば避けたい。私の幼馴染《おさななじみ》となれば、リゼ、トム、そしてソルドの四人での昼食会になる。リゼとトムは良いとして、どうしてソルドまで誘うのかが疑問だ。一番公爵邸に近づけてはいけない人物なのに。

「ソルドが今回の事件に関与しているのか、父親のことを知っているのかどうかを探るためだ」

「ソルドは、この部屋に侵入した人たちと関係があるのですか？」

「まだわからない。だが、護衛たちが二人の所持品を調べたところ、トム殿が言っていた例の飴らしき物が出てきた。はじめは普通の飴かと思ったが、侵入者たちを尋問したところそうではないとわかったのだ」

「え……」

例の飴とは、小さいころにトムが強引に舐めさせられた、記憶を消すという飴のことだ。

「この飴がどんなものなのか、詳しいことは王宮で調べるつもりだ。だが、現状この飴に関わりがあるのはゾイレ子爵家だけ。いきなりソルドの父親を追及するわけにはいかないし、ソルドが事件に関与しているかどうかによっては、彼に協力を求めることも考えている」

「そうでしたか……さすがにソルドが関与しているとは考えにくいですが、警戒はしておきます」

「俺も今の段階では、彼が関与しているとは思わない。だが、ゾイレ子爵家については慎重に調べなくてはならない。ソルドのことももちろん調べる必要がある」

ここで白黒はっきりつけたほうが良いのかもしれない。すでにソルドに対して愛想が尽きているけれど、犯罪に手を染めるような人でないとは願いたい。

しかし、もしかしたらと彼を疑ってしまっているのも事実だ。

真実を知るのは少し恐いけれど、それがエムルハルト様の安全に繋がるのなら、なんだってやってみせる。

「わかりました。昼食会を計画します」

「念のため、最大限の警戒態勢と周囲からの侵入などを防ぐための対策はとる」

「大掛かりなのですね……」

「ソルドはなにも知らなくとも、ソルドの父親が今回の事件に関わっている可能性は非常に高い。あの飴が出てきた以上、ほぼ確実といえる。再度公爵邸を狙う可能性もあるかもしれない」

リゼとトムにもしっかりと話しておかないといけないな。

それにしても、ソルドを交えて四人で食事なんて、幼少期以来か。昔みたいな仲の良い関係にはもう戻ることはないのだろうな。

「これがひとつ目の重要な話だ」

「つまり、他にも重要な話があるのですね」

「あぁ」

今日は呑気に紅茶を飲みながら、甘々な会話をしている暇はない。私は一度紅茶に口をつけ、気を引き締めてエムルハルト様の話を聞く。その前に、おいしいからもうひと口だけ紅茶を……

「今夜、一緒にいてくれないか？」

「ほげぇぇぇっ!?　げほっげほっ！」

飲みかけの紅茶を噴き出してしまい、テーブルが汚くなってしまった。

「そこまで驚かなくとも……」

「だって、ソルドの件で気を引き締めようと思ったら、いきなりそのようなことを言ってくるので……」

「これも重要なことだ」

いや、私にとっては重要というか嬉しい話である。一緒にいてほしいと思ったときに、私から頼む前に提案してくれたのだから。

　というか、だからエムルハルト様は少し照れていたのか。

「重要とは？」

「今夜はシャインと離れたくない」

　かぁぁぁぁぁああああっ！

　青みがかった前髪の奥に見える瞳は、真剣そのものだった。あんなことがあったあとなのに、ドキドキさせられてしまう。

「今日はシャインを一人にしておくわけにはいかない。側にいさせてほしい」

　その優しい言葉を聞き、横にいるエムルハルト様の腕におでこをコツンとぶつける。

「一緒にいてくれたら嬉しいです……」

「良かった。あまりにも心配だったものでな」

「心配とは？」

「今日の料理もおいしかった。だが、どこか普段と違う味だったのだよ」

　確かに今日はいつもより料理に集中できなかった。おそらく普段よりも味が劣っていたのだろう。

「それだけで良く気がついたなぁと」

「シャインの性格なら、もしも普段と違う味つけにするならば報告があるからな。それに、毎日食べていれば味の違いもわかってくる」

　料理のことまで理解してくれていたことが嬉しかった。尊敬するお父様も、わずかな味の違いでもすぐに気がつく。お父様の場合は一流の料理人をしているため気がつくのは当然だ。

エムルハルト様が同じように気がついてくれるのは、よほど味に集中してくれていたからだろう。

今夜、一緒に寝るかもしれない。

覚悟を決める必要がありそうだ。

◇

一度部屋に戻り、普段よりも念入りに体を洗う。もちろん、念のためだ。

部屋着に着替えて、覚悟も決めてから再びエムルハルト様の部屋へ入った。

「入りますー」

「待っていたよ。ぶどうジュースを用意しておいた」

「ありがとうございます」

この時間に飲むジュースは格別である。

いつもどおりに定位置のソファーに座り、くつろぐ。とはいえ、普段より緊張している。今夜は一緒に同じ部屋で時間を過ごすことが確定しているからである。

しかも、今までのような意図しなかったパターンと違い、同意の上で一緒にいることになるのだ。

緊張しないはずがない。

「今夜はシャインがベッドを使ってくれ」

「ん？　エムルハルト様はどこで？」

「俺はこのソファーで寝るつもりだ」

あたりまえのように言ってくるが、それでは困る。一緒にベッドで寝たいとか、そういう意味ではない。気を使わせすぎるのもどうかと思ったからだ。

「エムルハルト様の部屋だから、ベッドはエムルハルト様が使ってくれないと。私はどこででも寝れますので」

「さすがに同じベッドで寝るのは……俺が絶対になにもしないという保証など、どこにもないだろう」

こんなとき、なんて言えば良いのか本当に迷う。本音としてはなにかあっても嬉しいが、正直に伝えると、私から誘っているように聞こえてしまうだろう。それに、スコーピン伯爵令嬢という立場を考えると、結婚するまでの間はしっかりと貞操を守らなくては。

さてどうしたものか。その気になれば四人が川の字で寝ることだってできそうなくらいベッドは広い。

「そうだ！　こうしましょう」

「ん？　お、おい……」

私はソファーやベッドの上のクッションをベッドの中央に並べていく。これでベッドがふたつ並んでいるようにも見えなくはない。

「…………」

エムルハルト様は、ガッカリしたような表情を浮かべていた。

寝る場所が狭くなってしまったからだとは思うが、ソファーで寝るよりはマシだろう。私がソファーで寝ると言っても、絶対に断られるし、今できる最善の策である。

「良いでしょう？」

「まぁ……な。今夜は自分自身との戦争になりそうだ」

「へ？」

「いや、なんでもない」

これで安心して寝られる。エムルハルト様とも一緒。私は満足して一晩を過ごした。疲れていたからなのか、ベッドに入ってすぐに眠ってしまった。

「シャイン……」

エムルハルト様の寂しそうな声が聞こえたような気がする。ユメかな。

◆

「く……初めての失敗をしてしまった……」

素晴らしい報告をするために父上の部屋へ入ると、父上が珍しく苦しんでいる表情を浮かべていた。

「どうかしたのですか？」

「あぁ、ソルドか。実はな、スパイを公爵邸に送り込んでいたのだが、その後連絡がつかない」

「そんなに悩むことなんですか？　俺なんて、シャインと連絡がつかないことなんてしょっちゅうでしたけど」

「バカ者が。仕事として重要なことをしているのに、連絡が取れなくなるということは任務に失敗したか、捕まったか……」

「あるいは逃げたとか」

「信頼のおける者たちだ。逃げることは決してない」

　父上がこれほどまでに悩んでいては、せっかく昼食会の招待がシャインから届いたことを伝えられない。

　いや、むしろこれを見せて父上の協力はもういらないとストレートに言ってしまおうか。

　いくらシャインを手に入れて領地でのんびり過ごすためとはいえ、やはり公爵を暗殺するというのは恐いのだ。しなくて良いのなら、したくない。

「父上。もしかしたらエムルハルト公爵を殺さずともシャインをこの手にできるかもしれません」

「ほう？」

「実は、シャインから直々に昼食会への招待状が届いたのです」

「それで？」

「つまり、なんらかの理由でシャインはエムルハルト公爵に興味がなくなった。そして俺への愛情が戻ってきたと考えるのが普通かと」

「全く普通ではない。むしろ罠かと思う」

父上はどうしていじわるなことばかり言ってくるのだろうか。

どう考えたって好きな相手がいる状態で別の男、しかも元婚約者に招待状など出すはずがない。

シャインが不特定多数の男に手を出すような女ならば話は別だが、あいつの一途さは俺が一番知っている。

「なぜ罠だと思うのですか？　シャインはズルいことをするような女ではありませんし、理由もないでしょう」

「相変わらずソルドは考えが甘い。公爵邸に送り込んだスパイは、おそらく失敗し捕まっている可能性が高い。そんな中でおまえに愛想が尽きていたであろうシャイン嬢が招待状を送ってきた。これは危険だ」

「そんな……」

「考えられる可能性はいくつかある。スパイが裏切るようなことはまずありえんが、万一にも裏切り、こちらの情報を垂れ流したとすれば調査が入るだろう。おまえを利用してな」

父上は考えすぎだ。

エムルハルト公爵とは以前話したこともあったが、そんな回りくどいことなどせずすぐに行動するような男だと思う。

そうでなければ、人が大勢いたお茶会で俺に対してあのような怒声を放つはずもない。

「シャインは俺のことを愛しているとやっと気づいて、後悔しているのでしょう。邪魔はしないでほしいです」

「黙れ。この短期間で再びおまえのことを愛するというのならば、それを確信できるようなことがあったのか？」

　このままでは父上の言いなりだ。こうなったら……

「はい。招待状に、『ソルドとの婚約を考え直したい』と書いてありました」

「ばかな!?　その招待状、見せてみろ」

「それはできません。周囲にバレるのは困るから誰にも見せずに、読んだら破棄《はき》するようにと書かれていましたので、もう原形も残っておりません」

「………」

　俺は父上に半分嘘をついた。シャインからの招待状にそのようなことは書かれていなかった。

　だが、やはりこのタイミングで招待状を送ってくるということは、間違いなく俺とやり直したいからに決まっている。あくまで、父上に対して先に事実を伝えただけだ。

「そうか。そこまで言うのなら昼食会に参加し、早急にシャイン嬢を我が家に連れてくるのだな」

「はい。ですから、エムルハルト公爵の件はなかったことに――」

「それはできん」

「なぜ!?」

　意外だった。父上は俺へ協力するために、婚約に邪魔なエムルハルト公爵を始末してくれるのだと思っていた。

「最近、ターゲット《エムルハルト》の動きが派手になってきている。今までのように公爵邸から一切外に出ず引きこもっているならば放っておくつもりだった。だが、最近様子が違うからな。どちらにしてもこのままではあいつが邪魔だ。処分することは決まっている」

「そうなのですか……」

「だがソルドよ。間違ってもこのことを言うでないぞ。言っておくが、私は実の息子を始末することだってなんの躊躇いもなくできるのだからな？　妻だろうが幼馴染《おさななじみ》だろうが、私の仕事に支障をきたす者は全て消す」

「は、はい！　もちろん言うつもりはありません。言ってしまったら俺の将来も真っ暗ですし」

「そうだ。私の裏の顔を知ってしまった以上、おまえにも協力してもらわないとならない。母親のようになりたくなければ言うとおりにするのだ」

　このとき、俺は確信した。母上が急死してしまったことに、父上が関わっているのだと。おそらく俺も父上に逆らえば同じ目に遭うのだろう。

だが、別に恐れてはいなかった。父上は恐ろしい人物だが、今は尊敬している。それに父上をうまく利用していけば、俺の未来もより自由になるだろうし、これ以上強力な味方はいないだろう。

母上に対してもさほど思い入れはなかったし、おそらく母上が悪いから殺されただけだ。

　昼食会では、シャインを連れ帰ることに全力を尽くそう。公爵の暗殺も父親が必要だと言うならば、恐くとも従うつもりだ。

俺がシャインとともに、今後管理する領地へ移動してしまえば自由だ。それまではもう少し、父上のことを利用させてもらう。来週の昼食会が楽しみだ。

◆

公爵邸応接室での昼食会。

護衛たちによって案内されたソルドの第一声は、ガッカリしたようなものだった。

「なんだ。リゼとトムも一緒なのか」

「幼馴染《おさななじみ》でって書いていたよね？」

「俺はてっきりシャインと二人での昼食会かと思っていたのだが……」

ソルドはさらにガッカリしたようだった。その反応を見て、リゼが少しだけ声を荒らげる。

「なによ、アタシたちが邪魔って言いたそうな感じね」

「しょせんは男爵風情。子爵である俺には本来は平伏すものなのだよ？」

「相変わらず生意気な言い草よね。シャーちゃんは伯爵令嬢なのに一切偉そうにしてこないけど？」

「そんなことはどうでも良い。昼食会だと聞いたから俺は腹を空かせてきたんだ。うまい料理はあるのだろ？」

前よりも偉そうになっている気がする。いや、もしかすると公爵邸にいる人は皆優しいから、それに慣れすぎてソルドの態度が目につくだけなのだろうか。

どちらにしても、私だけでなく、リゼとトムも、ソルドに対しての評価がどんどん下がっていることは間違いない。

そして、この状況をコッソリと監視しているエムルハルト様やゼガルさんも……

「料理はシャーちゃんお手製のものが順番に出てくるから！」

「そうか。まぁシャインのことだ。一人で作ったわけではなく、手伝いがいるからこそできるのだろう？」

「ちょっと！　良い加減に――」

「まぁまぁ、私は気にしていないから」

もはやソルドになにを言われても苛立つことはなくなった。勝手に言わせておけば良い。いちいち怒っていたらキリがないのだ。

「ところで、公爵はいないのか？」

「ここにはいないよ。今日は幼馴染《おさななじみ》って書いたでしょ？」

「そうか。やはり俺が正しかったようだな」

「はい？」

「いや、こちらのことだ。気にしないでくれ。それより腹減ったぞ」

ソルドは食い意地をはって二日間なにも食べていないらしい。それだけ私の料理を食べたいと思ってくれることはありがたいのだが、なぜかソルドに対しては感謝の気持ちが出てこなかった。

護衛たちによって、応接室のテーブルに一品ずつ料理が出される。

一品目は、前菜《ぜんさい》の魚のカルパッチョ。

この辺りに海はなく、魚の仕入れは大変厳しい。生魚での提供などまず無理だ。しかし、良いタイミングでお父様が魚を異国から新鮮な状態で仕入れ、それを公爵邸に分けてくれたのだ。

「生魚だと⁉　毒でも入っているのか？」

「しっつれいね！　シャーちゃんがそんなことするわけないでしょ」

「た、たしかに。それもそうか……」

ソルドがリゼになにも言えなくなると、渋々カルパッチョを口に入れた。

クチャクチャクチャクチャ……

食べる音がうるさい。食事マナーは貴族の嗜《たしな》みである。ソルドは貴族としての立場や権利を主張するばかりで、その嗜《たしな》みをまったく身につけていない。

リゼとトムもかなり不機嫌になっているではないか。

対してソルドは食事に夢中になっていた。

「うまっ！　……いや、まぁまぁだな」

「ソルド様。これがまぁまぁな料理だなんて……」

「トムはバカか？　こんなにちっぽけな量しか出さないなんて、ケチ臭いだろう。そういう意味でもこの評価だ。もっと多めにしてもらいたいもんだ」

ケチ臭いと言われたが、今回はあえて少量で一品ずつ提供し、最後まで無理なく食べられるような仕組みにしているのだ。

ソルドはよほどお腹が空いているようだし、ソルドの分だけは山盛りにしてもらうよう、護衛に伝えた。最後のほうでとっておきの料理を作っているが、まぁ食べられるだろう。途中でお腹いっぱいになったとしても、私たちが食べれば良い。

二品目は、じゃがいもの冷製ポタージュ。

ここからソルドの分だけかなりの量を盛っている。

それに満足しているのか、ソルドは満面の笑みを浮かべた。

「よし。わかっているではないか。男爵風情に提供する量はそのままで、俺への提供は山盛り。こうでなくてはな」

トムとリゼがクスクスと笑っていた。二人はこのあとどのような料理がくるのか、何品くるのかも知っている。

おそらく、ソルドは途中でリタイアすると確信しているから笑ってしまったのだろう。

ジュブブブブブブブッ。

すする音がうるさい。こんなに汚い食べ方をする人間がいたのかと思えるほどに酷い。

婚約していたときも、一緒に食事をすることがほとんどなかった。改めてドン引きである。

「スープもうまっ！　……いや、これもまぁまぁか」

「なんでこんなにおいしいスープがまぁまぁなのよ？」

「冷たい！　作り立てで提供しない分、評価は落ちるだろ？」

今度は失笑。

冷製にしたのにも理由がある。熱いままよりも冷まして提供したほうが、中に入っている具材からより味が出るため、あえてそうしているのだ。これは高級料理店でよくやっているのだが、ソルドはそのような店に行ったことがないのかもしれない。

三品目は、ショウガのビアンコ。

採れたてのショウガを細かく刻み、それを搾って出てくる液体だけをだし汁に使い、パスタにした。シンプルな味つけで見た目も地味だが、これが売りとなっている。味つけは少々辛いが、お父様の店ではかなり人気が高い料理だ。

もちろん、これもソルドの分だけは大盛りで提供してもらっている。

「ほう、見たこともないパスタだな。しかし、なにも具材がないではないか」

「そういうふうに作ってあるの。まぁ良いから食べてみて」

こればかりは少しカチンときてしまった。元々はお父様のオリジナルメニューである。これに文句を言われるのはいささか納得がいかず、ついムキになってしまった。

ブジュジュジュジュジュッ。

ああ、食事マナーを勉強してきてほしい。

「うまっ！　……いや、まぁ問題はないか」

「ソルドが納得いく料理って世界中探してもなさそうね」

リゼが呆れながらそう言っているが、ソルドは夢中になって食べていて、聞く耳を持たなかった。

まぁこれだけ真剣に食べてくれているから、私としては不満はない。

「ふぅ……腹は満たされたな」

「え？　なに言ってんの？　ここからがメイン料理なんだけど」

「な!?」

リゼがクスクスと笑いながら、『残念でした〜』と言わんばかりの表情をソルドに向けていた。

「私たちと同じ量にしてもらうよう言っておく？」

「二日間も飯を抜いたのだ……まだまだ入るはず」

ソルドも意地なのか、プライドなのか、断ってきた。無理することはないんだけど……

四品目は、国産の骨付き鶏のディアボラ。

これは仕込むのに時間がかかってしまったが、とっておきだ。

鶏肉をパリパリになるまで焼き、少し辛めだけど甘味もあるソースをかけて仕上げた。高価な食材を使用するため、お父様の店でも滅多なことでは出さない。

これはリゼがどうしてもとお願いしてきたため、用意したのだ。どうしてもソルドに私の料理でギャフンと言わせてほしいと頼まれてしまってつい……

食べる勢いが低下したせいか、クチャクチャうるさかった音が静かになった。

その代わりに、大きなゲップをされてさすがにリゼが怒る。

「ソルド下品すぎ！　食事マナーが悪い貴族なんてありえないわよ！」

「う、うるさい……ぐ……ぐふぅ……それよりもこれは……」

「「これは？」」

「持って帰って良いか……？」

どうやら気に入ってくれたようだが、もちろん、持ち帰りは断った。

「ぐ……くそう……俺はこんな料理を食えずに……、いや、意地でも食う……！」

ついにソルドの持っているフォークとナイフがテーブルに置かれた。無残に残った鶏肉のディアボラがかわいそう。

「ソルド様はもういらないのですか？　ボクが食べても良いですかね？」

「好きにしろ……俺はこれ以上はさすがに……」

「じゃあ遠慮なく」

ここにきてトムが満面の笑みを浮かべた。してやったりという表情だ。

別にわざと黙っていたわけではない。事前に手紙で、『たくさんの料理を出すため、少量ずつ提供します』と記載しておいたのだから。ソルドが読まなかったのか、読めなかったのか、食べる自信が本当にあったのかは定かではないが、彼の望んだとおりにした結果がこれだ。

「本当にこれをシャインが作ったのか？　俺には未だに信じられん」

「シャーちゃんの料理は公爵様だけでなく、陛下の胃袋も掴んでいるんだからね？」

「そんなバカな。だが、どうせ何人もの部下に料理を任せ、シャイン自身はそれをまとめているだけなのだろう？」

いつまでたっても納得しようとしないソルドは放っておく。私が作る料理を彼に認められたいなど、もう微塵も思っていないからだ。

それよりも、本題に入ろうと思う。

「でもさ、こうして幼馴染《おさななじみ》四人でテーブルを囲むのなんていつぶりだろうね？」

私の発言が、今回の作戦の合図だ。リゼとトムの表情も少しだけ真剣になる。

「ソルドの家でかくれんぼした日以来かなぁ」

トムが何気なく言うと、ソルドの顔色が一気に青ざめたものへと変わった。

「かくれんぼのことなど俺はなにも覚えていない！」

「ソルドったらあの日は酷かったよね。鬼をやっていたくせに全然捜そうとしないし」

リゼの発言に、ソルドは高速で首を横に振る。

「し、知らん。覚えてない」

「そっか。いや別に良いんだけどね。ただ、トムがあの日ひどい目に遭っていたみたいで、そのことを公爵様に話したら、国をあげて調査するってことになってさ」

「な!?」

ソルドの顔からじんわりと汗が流れていた。わかりやすい。

「トムもあんま覚えていないんだけどさ、なにやら恐そうな男たちに絡まれたとか、ね」

「別にそれが俺や父上となにか関係があるわけでは……ないだろ？」

「当然、疑ってなんかいませんよ」

トムは嘘をつきながら平然としていた。トムがソルドの父親にされたことをしっかり覚えているということは、この場では伏せている。

あくまで、わかりやすい性格のソルドの反応を見るためのものだから。

ソルドはホッと安心したようなため息をつく。

でも、ソルドの反応は明らかに不自然だったし、『トムが恐そうな男に囲まれた』と告げただけで父親の話を持ち出すなんて、絶対におかしい。

ソルドが彼の父親についてなにか知っていることは間違いないが、ソルド自身が事件に関与しているかまではわからなかった。

もう少し突っ込みたいところだが、警戒されても困るからあとはエムルハルト様とゼガルさんに任せよう。残りは四人で雑談を楽しめば良いのだが、ソルドは顔を真っ青にしたままだ。

「ねぇ、ソルド……大丈夫？」

「あ、あぁ。シャインは俺を心配してくれるのか？」

「そりゃ、そんなに真っ青な顔していたらね。やっぱり食べすぎた？」

それっぽい理由でソルドに尋ねる。

「もう大丈夫だ。シャインのおかげだな」

すると、ソルドは急に顔色を回復させて、いつもの無駄に自信溢れる表情に戻ってしまった。

「え……え!?」

「やはりそうだったか。俺は確信したよ。俺との婚約を再び考えたいという気持ち、しっかりと伝わった」

「「「は!?」」」

私たちだけでなく、壁の向こうからエムルハルト様の大きな声が聞こえてきたような気がした。

「誰かいるのか？」

「あ、うん。護衛の人たちが外にいるよ」

私は必死に誤魔化した。エムルハルト様が監視をしていることは絶対にバレるわけにはいかない。

ソルドもすんなりと納得してくれたようで助かる。

「そうか。それにしても今日の昼食会はどうなっている？　公爵邸に入る際、念入りな荷物検査までされたぞ」

「ごめん。最近警備が増えて、たとえ誰であっても念入りな所持品検査をするようになったんだ」

「手紙にもそのような注意書きがあったな。まさか本当にされるとは思わなかったが」

「それについてはごめん」

「ふん、まぁ良い。シャインが一刻も早くこの場から逃げ出したいことも良くわかるし」

さっきからソルドはなんの勘違いをしているのだろうか。前回のお茶会で散々な目に遭っているのだし、さすがに私との再婚約は諦めてくれていたと思ったのだが……

「リゼとトムは席を外してもらいたい。俺とシャイン二人で話がしたいんだ」

「え、無理」

「ボクも無理です」

「子爵の命令が聞けないとでも？」

「関係ない、無理」

「ボクもこればかりはダメです」

　リゼとトムは私の護衛役もしてくれている。エムルハルト様が、絶対に二人きりにさせないと強く主張していたからだ。

　そこまで心配する必要もないと私は甘く考えていたが、やはりソルドは危険だと思った。

「仕方がない……まぁ幼馴染《おさななじみ》になら知られても問題はないか。シャインよ、俺ともう一度婚約しよう」

「え……正気なの？」

「あたりまえだ。今日だって、俺とやり直したいから計画したのだろう？」

　今日の目的は、ソルドがこの前の事件に関わっているのか、父親の件を知っているのか確認することだ。それなのに、どうやら、とんでもない勘違いをさせてしまったらしい。

　だが、本当に再婚約に関しては諦めてもらいたいのだ。丁重にお断りする。

「ごめん。私はエムルハルト様のことをお慕いしているし、ソルドのことは幼馴染《おさななじみ》としてしか見ることができない」

　ハッキリと言った。これをエムルハルト様が聞いていると思うと恥ずかしくて死にそう。

　それでも私の意思が固いことをソルドに伝えないと、本当にいつまで経っても諦めてくれなそうだ。恥ずかしさを無視して言ってやった。

　だが……

「どうして冷酷無愛想な公爵を好きになれる？　まさか、身分の高さだけで決めているのか？」

「そんなことはないよ。仮にエムルハルト様が平民だったとしても、この気持ちは変わらないと思う」

「それはそれで考えが甘い。だが、なぜなんだ？　確かに公爵ほどの爵位はないが、俺のところへ来たほうが良い待遇《たいぐう》を用意するぞ。将来的にも立派な領地に住めるし、なにひとつ不自由のない生活が約束される」

「そういう問題じゃないの。地位とか待遇《たいぐう》なんかで相手を選んでいないから」

ソルドは子爵の地位を誇りに思っているのだろう。だから、その地位や領地のことばかりを主張してくる。もちろん、そんな評価で婚約したがる人もいる。

だが、私はエムルハルト様のことが、公爵だから好きになったわけではない。そこのところを強く主張した。

「シャインよ、おまえが俺に従ってくれないと本当に困る。頼むから戻ってきてほしい……」

普段と違い、ソルドは真剣そのものだ。頭を下げてくるのも初めてである。それだけ窮地に追い込まれていることは理解できた。

もちろん、なにがあろうともソルドの元へ行くつもりはないけれど。とはいえ、少しだけ心配にもなってしまった。それは私だけでなくリゼとトムも同じだったようだ。

「なんでそこまでしてシャーちゃんを連れて帰りたがっているの？」

「話ならボクたちも聞きますよ？」

「おまえら……」

これは幼馴染《おさななじみ》としての絆復活もできるのではないか。そう期待したのがそもそもの間違いだったと、すぐに知ることになる。

「俺は父上にシャインとの再度婚約すると自信を持って言ってしまった。俺の勘違いだったでは済まされない。それに、シャインとの婚約を条件に俺は父上から爵位を継承された。もしもこのままシャインと再婚約ができなかったら、爵位も元に戻されてしまう……それどころか父上は……」

普段のソルドとは違い、言葉に強みがないし、何か恐れているようだ。今回は本当のことなのだろうと思う。

ただ、そんなことを言われても困るだけだ。

「元々、婚約解消はソルドが言いだしたんだよ。私は何度も止めようとしたけれど、聞いてくれず勝手に手続きされた。それで今になってまた婚約だなんて無理だよ」

「だ、だが、俺は父上に合わせる顔がない」

「もちろんお説教はされると思うけれど、誠心誠意謝ろうよ。きっとわかってくれるでしょ？」

ここで、私はカマをかけてみる。ソルドが父親の本性を知らなければ、私の言い分に納得するだろうし、父親の本性を知っているならば、なにか漏らすかもしれないからだ。

「絶対に無理だ。確実にころ……いや、なんでもない」

ソルドは黙ってしまう。今とんでもなく危険な言葉を言いかけていたような気がした。私は唾を飲み込む。

「くそう……これでは俺の将来設計がパァではないか。どうしてくれるんだ」

「いや、私に文句を言われても……」

「そもそもシャインが伯爵令嬢のくせに、料理なんてくだらないことをするからこういうことになるんだ。俺はあくまで貴族として余計なことはするなと思っただけなのだぞ」

「………」

ソルドの言うとおり、貴族としての責務を考えれば料理は使用人に任せた方が良いのだろう。それを言われてしまうと、なにも言い返せない。悔しくて、涙をこぼしそうになってしまう。

「ソルド様、良い加減にしなよ」

「な!? その口調はなんだ? たかが男爵のトムが俺に説教か?」

「違うよ。幼馴染《おさななじみ》としてだよ!」

トムがものすごく怒った顔をしながらソルドに告げる。

「シャイン様はね、誰よりも頑張って料理を勉強してきていたんだよ。貴族として嗜《たしな》みがないだとか言われていた時期もあったよ? でもね、シャイン様はそれでも負けずに毎日頑張ってきたんだ。今はクノロス様や国王陛下にも料理を評価してもらえて認められているし、ソルド様に文句を言われる筋合いはない! 今日の料理だっておいしかったでしょ!」

「いや、今日の料理はまぁまぁだったが、やはり俺の妻になるならそのようなことは……」

「だったらもうシャイン様のことは諦めなよ! シャイン様は料理を認めてくれる人と結婚すれば良いんだから」

「そんな常識のない奴と結婚してもろくな人生にならないだろ」

ソルドが反論しても、トムは引き下がらない。さすがのリゼも、今回は黙ったままだ。

「シャイン様の幸せは彼女本人が決めることだよ。ボクだってリゼちゃんと一緒になって最高な毎日を送れるようになったんだ。ソルド様も幸せになれる相手を見つけられると良いですね」

「く。たかだか男爵風情のくせに勝ち誇ったような言い方をするなど……」

ソルドが口喧嘩で負けた……トムの勢いがそれだけ凄まじかったのだ。

どこで火がついたのかはわからないけれど、嬉しい。私はリゼとトムに本当に守られているんだなと、より深く思った。

「俺はまだ諦めたわけじゃないからな。いずれシャインには俺と再婚約してもらう」

そう言って、ソルドは応接室から出ていってしまった。これだけ言われてもまだ諦めないなんて……私は深くため息をついた。

「トム、ありがとうね」

「だーりんカッコ良かったよ！　まさかソルドを黙らせちゃうなんてさ」

「変な空気にしちゃってごめんね。昼食会の目的も中途半端にしちゃったし……」

「そんなことはないぞ？」

トムが謝っていると、エムルハルト様とゼガルさんが応接室に入ってきた。

「トム殿よ、本来は俺が言いたかったことを全て代弁してくれて感謝する」

「いざというときに活躍できるトム様ならば、次期公爵邸執事長として申し分ないでしょう」

エムルハルト様とゼガルさんはトムをベタ褒めしていた。私もトムに何度でもお礼を言いたい気持ちでいっぱいだ。本当にカッコ良かった。

リゼなんて、ふっふーんと自分のことのように喜んでいる。夫のカッコ良い姿を間近で見たんだし当然だと思う。

「でも、申しわけございません。肝心の調査が中途半端に……」

「いえ、十分でしょう。彼自身は今日、公爵邸に悪意を持ってきたわけではないようでしたが、父親についてはなにか知っている様子でしたね」

「そうだな。念のため、ソルドには護衛と監視をつけておいたほうが良いだろう」

エムルハルト様が物騒なことを言いだす。

それに、なんだか父親に対して怯えているようなソルドの様子を思い出す。

まさか再婚約できなかったことを父親に報告して、ソルドが殺されるなんてことはないよね？

◆

公爵邸で開催された昼食会の帰り道。

馬車に揺られながら生きた心地のしない時間が続く。

俺は恥を忍んで頭を下げた。しかしうまくいかず、もう本当にどうしたら良いのかわからない。

シャインは冷酷無愛想な公爵のことを愛してしまっているようだし、リゼもトムもシャインの味方ばかりするし。絶対に俺のことを愛していると思っていたのに……

このままでは、父上に報告ができないではないか。

◇

「ソルドよ。シャインとの話はついたのか？」

屋敷に帰り、まずは父上のいる部屋へ行き、報告する。俺はもう、あとには引けない。

「バッチリです」

「その割には顔色が良くないが？」

「いえ……喜びすぎて食べすぎてしまいました。その状態で馬車に乗っていたら酔ってしまって……」

食べすぎて馬車に酔ったことは嘘ではない。本当のところは、精神的に参っている状態で馬車に揺られて酔ったものだが。

「そうか。こちらは少々困ったことになっていてな。ソルドがシャイン嬢と再婚約をしてもらえれば助かる」

「なにかありましたか？」

父上は周囲を確認してから俺に近づき、小声で話す。

「実は今日、エムルハルトを暗殺するために部下を公爵邸へ向かわせていた」

「な⁉」

「ソルドが気がつくはずもなかっただろう。それだけ我々は完璧に行動しているのだから」

「全く気がつきませんでした。それで、もう暗殺したのですか？」

「いや、失敗に終わった」

複雑な気分である。今までだったら、失敗に終わってホッとしていたことだろう。

だが、今の俺は……悔しい気持ちが強かった。エムルハルト公爵さえいなければ、シャインは俺の側にいたはずなのだから。

「なぜ失敗に……父上の計画は完璧なのでしょう？」

「公爵邸が、ありえないくらいの警備になっていたそうだ。まるで王宮並みだったらしい」

「そういえば、俺も公爵邸に入るとき荷物検査をされましたね。子爵に対して失礼だと思いました」

「それだけ警戒するようになってしまったということか……おまけに未だにスパイは戻らない」

シャインがエムルハルト公爵に夢中だということがわかった。こうなってしまったら、父上の計画はなんとしてでも達成してもらわないと困るのだ。

「なにか協力できることは？」

「ほう、ソルドもこちらの道を選ぶのか」

「俺としましても、エムルハルト公爵は邪魔ですから」

俺の判断は、正しいはずだ。エムルハルト公爵が暗殺されたら、シャインは絶望するだろう。そのタイミングで、俺が優しい言葉をかければ、シャインは俺の魅力を再認識してくれるはずだ。

そうなれば、再婚約も可能だと思う。

「公爵邸の内部の情報を細かく説明してもらおう。屋敷に入るまでの警備の数や位置、屋敷内で誰がどこにいたかなどの細かい情報を覚えている限り全てだ」

「わかりました」

俺は、覚えている範囲で詳しく話した。

荷物検査、屋敷へ入るまで同行した護衛、シャインたちとの昼食会でも部屋の外に何人か護衛がいたこと、エムルハルト公爵とは一度も会っていないことなど全てだ。

「なるほど……これは計画を練り直す必要がある。ソルドよ、良くやった」

「ありがとうございます？」

俺は父上から褒められた。こんなこと、何年ぶりだろうか。

「なにを不思議に思っている？　シャイン嬢との縁談も元どおりにし、公爵邸の情報も得ることができた。私の計画も見直さなければな」

「シャインに関してはもう少し時間をいただけたらと思います。……あいつも公爵邸で色々と活躍していたようですし、公爵邸を出る準備や挨拶もあるそうなので」

「それは構わん。こちらとしても予定が狂ってしまった。今は全力でエムルハルト＝クノロスを始末することに集中する」

どうやら、エムルハルト公爵を始末したあとで、まだ次の任務があるような言い方だった。シャインとの結婚にもなにか関係があるのだろうか。思わず聞いてしまう。

「シャインと結婚することは、父上にとってもなにか利益があるのですか？」

「あぁ。今なら話しても問題はないか。実はエムルハルトの次は、シャイン嬢の父親をターゲットにしている」

「は!?」

「王都にあるシャイン嬢の父親の料理店は、シャイン嬢が公爵邸に行ってから噂が広まり、王都一番の人気店になっている。これ以上人気になると、私の仕事の邪魔になる」

「もしかして、スコーピン家の財産も？」

「あぁそうだ。スコーピン伯爵家の人間はシャイン嬢を除き全員始末する予定だ。そうなればスコーピン伯爵家の遺産はシャイン嬢のもの、つまり全てソルドの物になる。どうせスコーピン家を潰すならば、貰えるものは貰っておきたいだろう？　それに息子の幼馴染《おさななじみ》で婚約者である令嬢の家族を殺したなど、疑われることもあるまい」

「おぉ……！」

　まさか、シャインと婚約しろとうるさかった理由が暗殺のためだったとは思いもしなかった。

　だが、これに関しては反対などなく、むしろ俺としても好都合な気がしてしまう。

　父上は、俺のことを本当に考えてくれていることを理解した。シャインと結婚すば、なに不自由ない暮らしが約束されているのだと……

　俺はどうしてシャインと婚約解消をしてしまったのだろうか。

　今思えば、あいつの料理の腕は本物。いくら令嬢とは言っても、あれだけずば抜けた料理の才能があれば、誰も止めることなどない。文句を言う奴がいれば料理の味で黙らせることができるほどの実力がある。

それに、シャインの料理の腕を活かして領地で店をやったら間違いなく繁盛《はんじょう》していただろう。近隣の街からも料理目当てで領地に人がやってきて、観光名所にもなったかもしれない。

シャインがいてくれれば、俺がなにもしなくたって自由な生活ができていた。

俺はとんでもない人材を捨ててしまったと、初めて後悔した。

「父上、ありがとうございます……一刻も早くエムルハルト公爵の暗殺をお願いします」

「おまえに言われなくともそうする。我がゾイレ家のためにもだ。近々、我々の組織にも国の監視が入る可能性があるだろう。その前に蹴りをつける！」

「監視が入っても父上の組織は続けるのですか？」

「いや、シャインの父親を始末したら解散する。遂行できれば信じられないほどの大金が手に入るからな。それまでの辛抱《しんぼう》だ」

大金という言葉に魅了され、父上に協力することにした。

俺はいつの間にか、父上の組織に加担していることに気がつかなかった。

◆

公爵邸に突然国王陛下が訪ねてきた。さすがに国王陛下に対しては荷物検査などはしないようで、護衛たち含め真っ直ぐに入ってくる。

エムルハルト様だけでなく、なぜか私も呼び出された。すぐに正装に着替えて応接室へ向かった。

応接室には、すでにエムルハルト様がいる。

そして……

「失礼します。……え!?」

「久しぶりだな、シャイン。元気そうだ」

「突然すまぬな。エムルハルトの横に座ってくれたまえ」

国王陛下の横には、お父様が座っていた。会うのは久しぶりだ。どうしてお父様までいるのかわからず驚いてしまった。

エムルハルト様の真横に座ると、国王陛下がこほんと咳払いをしてから、真顔になる。

「シャイン殿よ、王都で支店をやってみるつもりはないかね？」

「はい!?」

「スコーピン伯爵の支店ということだよ」

いきなりとんでもない話が舞い込んできた。

こういうときは、頭の中で状況を整理しよう。

まず、今の私は、公爵邸で料理長として働いている。最初ここに仕えたときは、将来的にお父様の領地でお店の支店を出して、そこで料理を続ける夢があった。

もちろん、今も料理を続けていく夢は変わらない。

だが、エムルハルト様とおつき合いを始めたため、このまま結婚した場合は、領地で支店を出すという夢は叶わないだろうと思っていた。

なお、エムルハルト様には私の夢は語っていない。

ダメだ。脳内で状況を整理しても、周りがどういう流れでそういう話になったのかがわからない。

「王都で支店とは、どういうことでしょうか？」

「すまんなシャイン。私だけではこれ以上対応できなくなってしまったんだ」

お父様が申しわけなさそうに私に謝ってくる。詳しく話を聞くと……。

「ありがたいことに店がどんどん繁盛《はんじょう》していってな。今や貴族様が積極的に来店するようになった。客数も増え売り上げは数倍に上がったものの対応がままならずだ。それに、私は元々貴族ではなく平民に喜んでもらえるような店を作りたかった。だからと言って貴族を入店禁止にもできないし、このままでは平民の足は遠のくばかりだ。そこで、陛下に相談をしたというわけだよ」

「国王陛下に相談するとはいったい……」

「スコーピン伯爵、娘には昔のことを話していなかったのかね？」

「えぇ、まぁ。過ぎたことですから」

お父様は躊躇っていたが、やがて口を開いてくれた。

「私は父親から爵位を継承するまでは、王宮で陛下の専属料理人をしていたのだよ」

「えぇぇぇぇぇえええええっ！　知りませんでした！　専属だなんて！」

お父様が、貴族でありながら料理店を経営している理由は前に聞いたことがあった。

そのときは、貴族と平民の壁を壊したいからと言っていたが……元々は王宮で、それも専属料理人として働いていたなんて！

「専属料理人として働く中で、陛下と貴族と平民の関係について話すことがあってな。当時はその関係は良いものではなかったから……おいしい料理を通して、貴族と民間人の壁を壊したいと伝えたところ、陛下から料理店を開いてみたらどうだと提案された。まさか私自身ここまで夢中になれるとは思っていなかったが、天職だとも思えたよ」

「というわけで、私の元へ相談しに来た経緯はわかったかね？　私としても、スコーピン伯爵が平民との懸け橋になってくれている現状に感謝している。いずれは、身分に関係なく同じ店で食事をできるようになればと思うが、まだそれには早いだろう。……王都で支店を開く意味はわかってくれたかね？　シャイン殿が協力してくれると助かるのだが」

「そうでしたか……概ね理解しました」

お父様の過去を知ることができて嬉しかった。

私が料理に夢中になれるのも、お父様の血がそうさせているのかもしれない。

すでにお父様の店は朝から日が暮れるまで行列が絶えないそうだ。お父様も従業員も休む暇がなく、料理も高速で仕上げなければならず、満足のいく提供ができなくなってしまったらしい。

もしも新たな支店を出せば、貴族はそちらに足を運ぶだろう。お客さんが分散されれば、お父様の店も元どおりになるかもしれない。

お父様のことは尊敬しているし協力したい。しかし……

「私は公爵邸で料理長をやっていますし、支店で働くとなると……」

働きすぎになってしまいそうだが、ここは断るわけにはいかない。エムルハルト様も無言のままだし、きっとやってもらいたいのだろう。

「支店は週に一度か二度開けてくれれば構わない」

「へ？」

「支店を閉めている日は、ルミミ男爵令嬢にお菓子屋をしてもらうことになっている」

お父様の店の支店とお菓子屋をひとつの店で営業をするらしい。陛下はいち早くルミミさんの始める店をチェックしていたそうで、スカウトしたのだという。

「シャイン殿が教えたのだろう？　チョコレートとチョコレートクッキーを」

「はい。ルミミさんに教えました」

「そのお菓子は間違いなく有名になる。ただ普通に販売するのでは騒ぎになると思ってな、王家が後ろ盾になり対策をとったのだよ」

いつの間にかルミミさんの店もとんでもない大事になっていた……

「どうだ？　やってくれないかね？」

国王陛下とお父様の眼差しが痛い。エムルハルト様に視線を向けると、表情を変えることはなかった。

「シャインの意思で決めてもらって構わない。やるならば、ここでの料理長としての仕事を減らし、料理人も増員する」

「へ……？」

私は、エムルハルト様が増員すると言ったことに驚いた。

元々は確実に信頼できる人以外を公爵邸に入れるようなことは決してしなかった。それが今では、雇い人を積極的に入れるようになっている。

しかも、つい最近エムルハルト様の身が危険になったにもかかわらず……だ。

前向きになっているエムルハルト様を見て、私も前向きに考えることにした。なによりも困っているお父様のためだ。

「わかりました。慣れるまでは週に一度でもよろしければ、やらせていただきたいと思います」

「構わぬよ。週に一度だけ大変かもしれぬが、頑張ってくれたまえ」

「大変……なのですか？」

「すまないな。私のほうの本店は平民限定の店に変更しようと思っているんだ。どんなに店内ルールで無礼講《ぶれいこう》としても、最近では恐縮してしまう客が多いのでな……」

「つ、つまり。今まで来店していた貴族の方々は全員……？」

「新たな支店に集まるだろうな」

ひぇぇぇえええっ！

安易にやりますなんて言ってしまったけれど大丈夫だろうか。

まずお父様の味を再現できるかが問題だ。お父様の料理と比べられてマズいと言われてしまえば、お父様の顔に泥を塗ってしまうことになる。

しかも公爵邸にまで迷惑をかけるかもしれない。

　今までよりも気を引き締めないと……

「とはいえ、このままでは初日に騒ぎになるだろう。しばらくは抽選ということにして当選者のみ入店ということにさせるか。その辺は私に任せたまえ」

「陛下にも協力していただけるのですか？」

「うむ。まぁ代わりに多少のインチキはさせてもらうがな……内緒だぞ？」

「インチキとは？」

「二週目の抽選で、私と妻、それから息子と娘を当選……ということにさせてもらう」

　なんと国王陛下もお父様の店に通っていたそうだ。だが、王宮からは遠い上に混んでいる日も多く困っていたらしい。それでお父様が店のことで相談しに来たときに、すぐに閃いたそうだ。

「王都に支店を出してもらえれば、私も堂々と通える。スコーピン伯爵の店は本当においしく、店内も素晴らしいのだよ。どうにかして貴族も気軽に通えるようにならないかと大勢の者たちから相談されていてね。シャイン殿が週に一度でも支店をやってくれればいろいろな問題が解決する。本当に感謝する。ありがとう」

　国王陛下が頭を下げてお礼を言うなんてそうそうあることじゃない。すぐに頭をあげてもらうようお願いした。

「さすがスコーピン伯爵の娘は謙虚だな」

「陛下の頭を下げさせるほどのことはしていませんよ……」

「それはいずれ支店を始めればわかることだ」

「は、はぁ……」

「ところで、今日はもうひとつ用件がある。実は私としてはこちらのほうが重要だ」

陛下がさらに真剣な顔つきになった。

「調査をした結果、ゾイレ子爵家は王都で長らく問題となっている組織と繋がりがあることがわかった」

王都で長らく問題になっている組織のことは、王都の誰もが知っているだろう。目的のためなら、暗殺、強奪《ごうだつ》、他国への潜入と、なんでもやるという噂の危険な組織だ。国としてももちろん放置しているわけではないが、なかなか証拠やアジトを掴めず四苦八苦しているらしい。

そんな危険な組織の人間が身近にいたというのに、お父様とエムルハルト様は驚くこともなく、当然だと言ったような表情のまま話を聞いていた。私はまさかソルドたちがそんな危険な人たちだなんて知らず、驚きを隠せなかった。

「先日のトム殿の証言、そして公爵邸で捕らえた二名の証言。この双方から話が出た、不思議な飴が大きな証拠となってな。ゾイレ子爵の他にも、一部の貴族が関わっていることが明らかになったのだよ」

「え……エムルハルト様は大丈夫なのですか？」

真っ先にエムルハルト様の今後が無事なのかが気になってしまった。なにしろ、侵入者は彼の部屋を狙ったのだ。もしかしたら、まだ命を狙われているのではないかと心配だ。

「確実に狙われている」

「そんな……」

私はエムルハルト様に顔を向けたが、全く動じず無表情のままだった。まるで、こうなることがわかっていたかのようだ。

「心配いらない。俺はこうなると予想できていた」

「だったらどうしてそんなに冷静なのですか？」

「すでに対策はできている。それに、シャインがいてくれるから、俺は絶対に生き延びなければならない」

「ひゃい!?」

陛下やお父様がいる前で、カッコ良く言わないでくれ。いや、エムルハルト様の性格からして冷静にそう言っているだけなのかもしれない。私にとっては胸にくるものがある。

「対策って……ならば万が一にも殺されるなんてことはないのですね？」

「伯父様も動いてくれているしな。組織も、関わりのある貴族たちも捕まるのは時間の問題だろう。ただし、公爵邸は今後も厳重な警戒態勢を敷く。主にシャインを守るためだが」

「え……私？」

「俺が狙われている以上、周りの人間が人質にとられる可能性もある。シャインだけでなく、トム殿やリゼ殿の安全も確保する必要があるからな」

こんな状況なのに、新しく支店を始めてしまって良いのだろうか。どうして国王陛下も含め、平然としているのかが疑問だ。

「心配するでない。エムルハルトの言っている警戒態勢は、あくまで保険のようなものだよ。すでに証拠を掴み、捕まえる直前まで追い込んでおる」

「ということは、ソルドも捕まるということでかね……？」

幼馴染《おさななじみ》として関わっていた時間は長い。彼にはウンザリさせられたが、身近にいた者が捕らえられてしまうというのは悲しいものだ。

「最近子爵になった息子か。今のところ彼はシロだ。あくまでソルド子爵の親が組織に関わっているという状況だ」

「ほっ……」

「だが、安心はできぬな。もしかしたら陰で協力している可能性も否定はできまい、父親を捕え次第、再度調査を行う予定だ」

　少なくとも、私と婚約関係であったときのソルドは全くそのような素振りは見せてこなかった。あれだけわかりやすい性格をしているから、長い間隠し通すなんてできないはず。なにも関わっていないと思いたい。

　だが、先日の昼食会では、今までと違う一面もあった。

　もしかしたら婚約解消をしたあとにソルドは……

「シャイン殿を心配させてしまったことは申しわけなく思っておる。だが、安心してもらいたい」

「陛下が大丈夫だと言ってくださるのでしたら……」

「うむ。私とてエムルハルトのような素晴らしい子を失くしたくはない。シャイン殿の悲しむ顔も見たくないしな。そのうえで今一度問う。このような状況ではあるが、支店を始めてくれるかね？」

応接室内で無言がしばらく続く。

私はしっかりと考えた。陛下たちも黙って返事を待ってくれている。陛下たちが大丈夫だと言ってくれているのだ。こんな状況だからこそ、前向きに動いたほうが良いと判断した。

恐がって公爵邸の中でビクビクするわけにはいかない。エムルハルト様だって、両親を失ってから何年も動けないままだったが、今はこうして前を向いているのだ。

私も愛している人に負けるわけにはいかない。

「やります」

「助かる。これで確実に捕まえることができる」

「はい……？」

陛下の言っている意味が全くわからなかった。

どうして支店を始めることで組織が捕まるのだろうか……

◇

昼食を片づけたあと、リゼと二人でティータイムを楽しんでいる。このあと夕食の準備を始めるまでの休憩時間だ。今日は新しいデザートを作ってみたため、リゼに試食してもらっている。

「朝から仕込んでみたんだけど、どうかな？」

「うっまー！　ティラミスっていうの？　うんまー！」

おいしそうに食べてくれている。リゼは物事をはっきりと言ってくれるため、私が失敗した場合もちゃんと教えてくれる。試食してもらうには最高の相手でもあるのだ。

「手間がかかるから、毎日は作れないけれど、なにかのイベントのときに用意しようかなって考えているんだ」

「うんうん！　これはクッキーを超えたね！　もちろんアタシの味覚だから好き嫌いはあると思うけれど、大抵の女の子にはウケるんじゃないかなぁ」

「良かった。じゃあ支店のオープン日にお披露目しようかと思う」

「それにしても、シャーちゃんは相変わらずすごいよね。王都で支店を始めることにも驚いたけれど、こんなにおいしいものをすぐに作っちゃうんだからさ」

「まぁ……苦労はしたけれどね」

一発でティラミスを完成させたわけではなかった。お父様から教わったレシピならすぐに作れるけれど、今後支店をやっていくうえでそれだけではダメだと思っていた。自分でも新しい料理を開拓していかないと、いつまでたってもお父様の真似事でしかない。

クッキーのときも苦労したが、今回のティラミスもかなりの時間を費やしてようやく完成させた。だからこそ、ハッキリと評価をしてくれるリゼに最初に食べてもらいたかった。

「知っているよ。仕事として料理を作っている合間にもいつも研究してるもんね」

「なんでリゼが知っているの？　庭師としていつも庭にいるよね？」

「だーりんが報告してくれるんだよ。シャーちゃんがいつも頑張っているってね！」

トムにいつの間に見られていたのやら。

コッソリと料理研究をしていたつもりだったのだが……

「ま、シャーちゃんの苦労は昔から見てるから知っているけどさ。人一倍頑張ってきたからおいしい料理がいっぱい作れるんだよ」

「お父様が直接指導してくれたのも大きいけどね」

「でもさ、大抵の人って教えられても、納得がいかなくてその通りにしなかったり、勝手にアレンジ加えたりするでしょ？」

「私もアレンジすることはあるよ。でも、しっかり基礎を覚えてからだけど」

「シャーちゃん、素直だからね」

リゼにそう言われると照れ臭いものがある。本音だとわかるからかな。

「ところで、結局ソルドも捕まるのかな？」

「わからない……今のところはソルドの父親は確定しているみたいだけれど」

「さすがにソルドも捕まったらショックだよね」

「うん……」

リゼも幼馴染《おさななじみ》としてソルドとは長いつき合いがあった。散々馬鹿にされ続けてきても、幼馴染《おさななじみ》としての腐れ縁だけは切れることがなかったのだろう。私と一緒に深くため息をついた。

「ま、仕方ないか。もしかしたらただ危険な組織に入っているだけじゃなくて、クノ様の命を狙っている張本人かもしれないんでしょ？　もしもそんな奴だったら、さすがに幼馴染《おさななじみ》とかそんなこと言ってる場合じゃないよ」

「ソルドがそんなことまでする人だとしたら、見抜けなかった私も情けないよね。元婚約者なんだもの。お父様はソルドの父親のことを薄々感づいていたみたいだけれど、確証が持てなくて婚約解消に持っていくことができなかったみたい。謝られちゃったよ……」

　先日お父様と会ったとき、婚約解消について改めて謝られたのだ。もうソルドとは幼馴染《おさななじみ》という以外の関係はないし、今の私はエムルハルト様に夢中だから気にしなくて良いとは伝えている。

　しかし、それでも何度も謝ってきたのだ。

「そりゃ仕方ないって。なんてったって、王都で大問題になっている組織と繋がりがあるんでしょ。変に婚約解消を申し出たら、シャーちゃんのお父様だけじゃなくてシャーちゃんも危険な目に遭っていたって」

「そう考えると、ソルドから婚約解消を言ってもらって救われたのかな」

「はは。シャーちゃんは本当に物事を前向きに考えるよね。アタシがもし同じ立場だったら、その場で相手の顔を引っ掻いて噛みついてやるわよ」

「リゼの相手がトムで良かったよ……」

「うん、だーりんはアタシの中で世界一の王子様だから」

　いつか私も、エムルハルト様は世界一の王子様だよと、堂々と言いたい。すでにそう思っているけれど、リゼみたいに口に出すことができないのだ。恥ずかしい……

「んで、来週から支店も始めるんでしょ？　公爵邸での料理長としての仕事は大丈夫なの？」

「うん。週に一回だけだから、その日だけは作り置きになっちゃうけれど、それでもエムルハルト様は良いって言ってくれた」

当初の予定では、私の他に何人か料理人を雇うと言っていたが、今はその時期ではないと思った。国王陛下は大丈夫だとは言ってくれたが、ただでさえ危険な状況だというのに、知らない人を雇うのはリスクが高い。

それを踏まえて、私が翌日の分を作り置きすると言ったら、喜んでくれたのだ。

「相変わらずクノ様は優しいねぇ。まぁシャーちゃんの料理をそれだけ食べたいってことだよねぇ……」

「んなっ⁉」

「クノ様の胃袋は、完全にシャーちゃん以外を受け入れていないかもね。むしろクノ様自体が」

「それ以上は言わないでっ！」

「あ、シャーちゃん赤くなった。そういうところ、可愛いし初々しい」

からかわないでほしい。

さて、これから忙しい日々が始まるけれど、エムルハルト様の横にたっていても恥ずかしくないように、もっともっと腕を磨いていかないとならない。

料理以外はなにもできていないのだから。

◆

「どうやらシャイン嬢が支店を開くらしい」

「知っていますよ。でも、しばらく抽選で当選した人しか入店できないんでしょう……俺は応募しましたが」

「ソルド、驚け。当選した」

父上は鼻高々といった様子で告げる。貴族のほぼ全員が応募するくらいに大人気な店らしいから、父上の態度ももっともだ。

改めてシャインと、その父親がどれほど規格外な料理を作っているのかが理解できた。

もしもシャインがこれだけの料理の腕前だと知っていたら、婚約解消などすることもなかったのに。そもそも料理が得意なことを言わなかったシャインが全面的に悪いだろ。

前回の出てきた料理の数々……悔しいがうまいと心から思ってしまった。もう一度食べたい。毎日食べたい。

シャインとの再婚約をする前にあいつの料理を食べるためには、店に行く必要がある。当然、俺は情報を掴んでいた。誰よりも早く応募したつもりだった。父上だけ当選するなんてずるい……

「そう落胆するな。当選者の入店条件に、『家族と側仕え全員で来ること』と書かれている」

つまり、それは俺も一緒に行って良いということだ。ホッとした。

「もちろん俺も行きますよ！　今度は三日間なにも食わずで万全な準備をして……」

　エムルハルト公爵を始末することはあと回し。将来的に俺のものになるシャインが始める店なのだ。ここでも来てやったぞアピールをして好印象を与えておかなければならない。

　そして……シャインの料理を食べたい。

「今まで私と側近の者たちが同時にこの子爵邸を留守にすることはなかったが、今回は仕方のないことだ。私も敵人へ潜入できる唯一のチャンスだからな」

「まさか……もしもそこにエムルハルト公爵がいたら、その場で暗殺などしませんよね？」

「あたりまえだ。今回はあくまで視察。その場で動けば確実に捕まることくらいはわかる。それに、最近やたらと噂になっているシャイン嬢の作る料理を味見してみたいという目的もある」

「では、純粋に食べに行くというだけですね？」

　俺は念のために聞いておく。この日ばかりはシャインの料理に集中したいからだ。

「あぁ。暗殺用の小型ライフルや毒なども持ち込まない。おまえの話を聞く限り、荷物検査をされる可能性も高いからな」

「料理店で荷物検査ですか!?」

「可能性はある。家族だけでなく側仕えも全員来るようにという条件が引っかかる。他の貴族専門の店と違い従業員が少ない分、側仕えが各テーブルを見るようにと案内があったようだが、裏がある気もする」

「では、まさか店に行っている間にこの屋敷を調査されるなんてことも……？」

「それはまずない。警備兵はそのまま残るのだからな。つまり、部外者がこの屋敷に入ることはできない」

ひとまず安心した。父上の部屋の奥に、隠し部屋があることを教えてもらった。そこには裏で活動している組織の暗殺道具や書類などが置かれていて、そのさらに奥の部屋には……

父上が裏で幅を利かせているのがわかったし、シャインと再婚約するためには大変頼れる存在だと改めて知る。この家に、誰も入れるわけにはいかない。

「組織の件を国が本腰を入れて調査していることは知っている。公爵邸の毒殺事件やスパイの件で、我が家が怪しまれている可能性もある。だが、シャイン嬢が組織の件や我が家の狙いを知っていたとしたら、このタイミングで支店を始めるはずがないだろう」

「確かに……わざわざ危険なことをするわけないですよね。公爵邸に籠っているほうが安全だ」

「おそらくは支店の開店は、シャイン嬢もしくは彼女の父親の都合によるもの。だが、この状況でエムルハルトがシャイン嬢の関わる店を放置するわけがない。エムルハルトが関わる以上国王陛下も目をかけるだろう。店の警戒体制が厳重なものであることは間違いない」

「だからあえて危険な物は持っていかず、あくまで調査と、料理を楽しむだけなのですね」

「あぁ。仮にエムルハルトがその場にいたとしても、今回はなにもしない。手を出そうとすればこちらがやられてしまうからな」

父上はしっかり考えて行動している。今回は安心した。

まさか俺が一緒にいるときに暗殺されたらたまったものじゃないからな。

ひとまずはたくさん食べられるようお腹の調整に専念しなければ！

◆

いよいよお父様の支店開店日である。

私がこの店の料理長ということで、全て私が仕込んだものを提供する。国王陛下のおかげで、初日は来店する人数もわかっているし、作る量も概ね把握できる状態だ。普段公爵邸で料理しているときとなんら変わらない。

今日はお手伝いとして公爵邸の護衛の人たちや王宮直属の警備の方々が来てくれている。

あれ、なんで料理人じゃなくて強そうな人ばかりなのだろう……

やはり国としてもエムルハルト様の件があるから心配なのかもしれないな。今日は厨房《ちゅうぼう》からは出ないように指示もされているし。ただ、そちらに関しては大丈夫というお墨つきもいただいているし、細かいことはあまり気にしない。

私は満足してもらえるような料理を提供することに全力を尽くそう。

◇

開店と同時にいきなり満席になった。料理の提供までに時間がかかってしまうが、これは致しかたないことだ。

ただ、厨房《ちゅうぼう》から客席側をチラリと見ると、あれ……と思ってしまった。

まさかのソルドやソルドの父親の姿が……他にも見たこともない貴族の方々があちらこちらにいる。国王陛下が抽選で決めたわけだから大丈夫だとは思うが疑問は残る。

とにもかくにも、私は来てくれたお客さんたちに料理を提供する。これに尽きる。

「やはり私が直接テーブルに持っていくのはダメですか？」

「お気持ちはわかりますが、初日はご遠慮ください」

来てくれた人たちに感謝の気持ちも込めて挨拶がしたかった。

お父様の支店だから、一人一人とフレンドリーに接するのを心がけたいのだが。

「ここだけの話、初日のお客様は陛下が厳選したということです。来週以降はシャイン様のお好きなようにして良いとのことですので、どうか厨房《ちゅうぼう》からは出ずに、ホールは我々にお任せください」

「は、はぁ……」

王都の良い場所でお店をやらせてもらっているのだ。今日はきっと、コッソリと国王陛下の知人だけを呼んだのだろう。

でもなんでソルドたちまでいるのだろうか……

◇

支店を開店した翌日、国王陛下が公爵邸にやってきた。

しかも、なぜか私と国王陛下の二人だけで話すことになった。支店について売上などの報告をしろということだろうか。

「突然すまぬな。シャイン殿よ、本当にキミには感謝しかない」

「いえいえお気になさらず。私も、お父様のお店の支店で料理長をするという夢が叶いました」

いきなり感謝された。おそらく、いや、確実に支店を始めて貴族が通いやすくなったことへのお礼だろう。私は微笑みながら頭を軽く下げた。

すると、国王陛下はゲラゲラと笑いながら、『そのことではない』と言うのだ。私も嬉しさのあまり気持ちが先行してしまった。一旦落ち着き、話を最後まで聞こう……

「まずは、私が集めた護衛部隊と警備部隊がシャイン殿に感謝しておった。あれだけおいしい料理を食べられるなんて生きてて良かったなどと言っておったわい」

「護衛部隊？　警備部隊？　では、やはり昨日のお客さんは貴族ではなかったのですね？　見覚えのない方ばかりだなと思っていたんです！」

「すまないな。シャイン殿を利用するようなことをしてしまって。だが、皆キミの料理を楽しみにしていた者たちだ」

国王陛下もなにか理由があったのだろう。

「もしものため、なにがあってもシャイン殿を守れるよう、ゾイレ子爵家の人間以外は全て護衛と警備兵だったのだ」

「体格の良い人しかいないなぁと思いましたよ」

文句を言うつもりもない。むしろ、楽しみにしてくれていた人たちが食べてくれたのならば、貴族でなくとも誰であっても嬉しい。

「また休みの日にでも食べにきてくださいとお伝えいただければ」

「そうか、伝えておこう。本題に入ろうか。シャイン殿が王宮で支店を開いてくれたおかげで、ゾイレ子爵家を捜査することができてな。長らく見つけられなかった組織と子爵家の関係を証明する確固たる証拠を多数見つけることができた。そろそろ捕らえられたころだろう」

「え……えぇと、どういうことですか？」

「昨日は、ゾイレ子爵家の面々も来店していただろう？　抽選に応募したのは彼等の意志だが、当選したのはこちらの作戦だ。彼等が料理を食べている間に屋敷の捜査を命じていたのだ。シャイン殿には秘密にしておったが、支店の開店を囮《おとり》に彼等をおびき寄せたのだよ」

「え……えぇ!?　でもあの屋敷には警備兵も結構な人数がいますよね？」

「あぁ。本来なら、ただ留守にさせただけでは意味がなかった。だが、実はゾイレ邸の警備兵のほとんどが国から送り出しているスパイなのだよ」

「そんなに前からゾイレ子爵家を怪しんで、スパイを潜入させていたのですか？」

全く気がつかなかった。いつもソルドの味方をしていて、ハッキリ言って嫌な警備兵や使用人というイメージしかなかったが……

「ああ、ゾイレ子爵の父親は表向きは優しく誠実な男とされているが、彼のライバルが次々と失《しっ》脚《きゃく》する様子から裏の顔があると察せられていた。組織に依頼してライバルを消しているのではと怪しみ、組織への手がかりを掴むためにスパイを送り込んでいたのだが……まさか組織そのものに関わっているとはね」

「そういうことでしたか。事情はわかりましたから、気にしないでください」

「今まで黙っていてすまなかったな。今は任務が終わったためスパイたちも戻ってきているが、シャイン殿に詫びたいと言っていたぞ。演技をしなければならぬとはいえ、深く傷つけてしまっただろうと。証拠を掴むまでは自らの立場を明かすことはできなかったのでな。むろんシャイン殿の父親も知らぬことだよ」

「職務に忠実だっただけなのですから、謝らないでください。本当に嫌な人だと思ってしまっていたくらいなので、迫真の演技でしたよ」

国王陛下の話によると、ソルドの父親と組織の繋がりが明らかになってから、確実に捕まえるための機会と、罰するための証拠探しに奔走《ほんそう》していたらしい。その証拠のありかとしてゾイレ子爵邸を怪しみ、潜入捜査をするために支店の開店を利用したのだとか。

となると、気になることがある。

「陛下。ソルドはどうなるのですか？」

「彼も有罪になる。エムルハルトは無事だったが、彼を暗殺する計画をソルドが父親から聞いていたことは今の時点で明らかになっている。今ごろは親子揃って捕まっているだろう」

「そうですか……」

「父親は当然処刑だ。息子のソルド子爵に関しては、最低でも貴族の身分は剥奪《はくだつ》、家も財産も没収し、領地も闕所《けっしょ》する。本来ならば処刑となるが、まだ今の段階では計画を聞いていただけでなにか直接犯罪を犯した証拠がない以上、このような処置になるだろう」

ソルドがエムルハルト様のことを……考えていただけであっても、許せない。もう幼馴染《おさななじみ》という関係も切り捨てたいくらいだ。

ソルドは、領地も財産も身分も失う。この先、ひっそりと肉体労働でもしながら生きていくんだろうな。いつも身分だなんだと言っていたから、平民になったらさぞ苦しむことだろう。

どちらにしても、もうソルドのことは完全に忘れるつもりだ。

「ところで今日、なぜシャイン殿しか呼んでいないかわかるかね？」

「エムルハルト様が一緒ではないことに違和感がありましたが、最初は支店の話だと思って気にしていませんでした。そう言われてみればなぜですか？」

「ゾイレ氏がクノロス夫婦を殺害したことが確定したのだよ」

「な!?」

トムの話を聞いた時からそんな気はしていたが、いざ事実だと聞かされるとショックは大きい。エムルハルト様のご両親を殺し、よくもエムルハルト様の性格や人生を大きく変えたものだと怒りを覚えた。歯を噛み締めてグッとこらえる。

「エムルハルト君はあの事件をきっかけに公爵邸に何年も閉じこもっていた。だが、口癖のように絶対に犯人を見つけこの手で殺すと言っていたのだよ……」

「もしもエムルハルト様が復讐を果たしてしまったら……」

「理由はなんであれ、人を殺せば罪になる。当然、シャイン殿も結婚は叶わぬことになるだろう」

もしも私のお父様が誰かに殺されたら、エムルハルト様と同じ心境になっていたと思う。

どれだけ辛いことかなんて想像もつかないが、苦しい毎日になるのは間違いない。私もきっとこの手で復讐をする気がした。

だからこそ、エムルハルト様がどう行動してもなにも言えない。でも……これからの彼の人生を壊してまで復讐なんてしないでほしい……私は、ワガママなのかもしれない。

大きくため息をつき、しばらく重たい空気が応接室内を覆っていた。

◇

国王陛下はエムルハルト様に対して、両親を殺した犯人をしばらくは伝えない方針にするそうだ。全ての裁きが終わってから事後報告とするらしい。自分の甥っ子に罪を犯してほしくないと言っていた。私も黙っておくように言われたが、かなり辛いものがある。

王都の危険な組織を潰せたのに、なんとも言えない脱力感がのしかかっている感じだった。

「なにかあったのか？　伯父様になにか言われたのか？」

エムルハルト様の部屋で、寝る前のティータイム。元気なフリをしていたのだが、一瞬でバレた。

「いえ……そういうわけでは……」

「浮かない顔をしている。心配だ。まさか、昨日の初日営業でシャインの料理に文句を言った者がいるのか!?」

「いいえ、みんなおいしそうに食べてくれましたよ。また来てくれたら嬉しいです」

たわいもない話をしながら紅茶を飲む。少しだけ元気になってきた。

「シャイン……俺はキミに話していなかったことがある」

「な……なんですか？」

このタイミングでなにかを話そうとしているエムルハルト様が恐い。なんとか抑えようとしていたが、手が震えてきてしまった。あまりにも緊張して勝手にそうなってしまったのだろう。

「俺の両親を殺した犯人のことだ」

「えっ!?」

今絶対に言われたくない言葉を耳にして、緊張が最高潮に達している。なにを話すのかはわからない。おそるおそるエムルハルト様の話を聞く。

「俺は父上と母上のことを誰よりも愛していた。ハッキリ言ってファザコンマザコンと言われてもおかしくないほどにな」

「私も同じです。それに、両親を愛することは良いことだと思いますし……」

「突然だったよ……両親が殺されたのはな。俺は絶望のあまり、暴走していた」

私は黙って聞く。

「ゼガルに止められてな。しばらく危険なことをしないよう、公爵邸の地下にある牢に籠っていた」

「…………」

「俺はその間に色々と考えたんだ」

エムルハルト様は、話しながら初めて会ったときのような冷酷無愛想な表情に戻っていた。

いや、真剣に話しているからだと思う。私がまだ緊張で震えているから、よりそう思ってしまっているだけなのかもしれないが。

「俺は俺の気持ちを優先することにした。たとえ身勝手であろうともだ。犯人を見つけ、この手で復讐し始末すると。そして、今日ついに犯人がわかった！　シャインも伯父様も俺のために黙っていてくれたのだろうが、トムの話を聞いた時から察していたからな」

私はこのあとの話を聞く前に、大粒の涙を溢した。

私にはエムルハルト様を止められない。

本来ならば嫌われてでも強引に阻止したほうが良いような気もする。だが、私自身が同じ運命で、天涯孤独の身になったら、彼と同じことをする可能性もありそうだから……

「なぜ泣いている？」

「いえ……。続けてください……」

「俺は、シャインに感謝している」

「……はい？　ふんぎゅっ！」

いきなりエムルハルト様に抱きしめられた。それも、かなり強く。

「ソルドの父親のことは永遠に恨むが、復讐はしない」

「へ？」

「そんなことをしてシャインを悲しませたくない。離れたくない」

「ん……んん？」

「俺は絶対に復讐をすると心に誓っていた。だが、それよりもシャインのことを愛しすぎてしまった」

ようやくエムルハルト様の言いたいことが理解できてきた。

エムルハルト様は復讐をしない。

これだけで、私のモヤモヤしていた思いは一気に吹っ飛ぶ。

そして、冷静になって現状を理解し、改めて別の意味で緊張が最高潮に戻る。

「シャインはここに来たときからずっと俺のことを支えてくれていた。俺が間違ったことを言ってもすぐに正そうとしてくれた。シャインが作ってくれる料理もお菓子も俺を元気にしてくれたんだ。仮に復讐を果たしても、シャインが目の前にいなかったらもっと苦しむことになる」

「あわわわわあぁ……」

「シャインがいてくれたから、俺は変われた。本当にいくら感謝しても足りないほどだ」

エムルハルト様の抱きしめ方がさらに強くなった。

痛いくらいだが、むしろこのままで良い。

私も嬉しくてたまらないのだから。

「シャインのおかげで王都の危険な組織も壊滅《かいめつ》した。公爵邸の警戒も緩み平和になるだろう。俺も命を狙われることはなくなるし、これからは外で活動できるようにしたい」

「はい……」

「お茶会や社交界にもしっかりと出席し、この公爵邸を守っていくつもりだ」

「はい……」

「シャインよ……俺は臆病《おくびょう》で情けない男だが、こんな俺の側にずっといてくれないだろうか？　これからは婚約者として、いずれは妻として俺の側にいて欲しい。愛しているんだ」

「……私もです！」

負けないくらいの強さで、エムルハルト様の腰をギュッと手で包んだ。青みがかった少し長めの髪の奥から見える綺麗な瞳をじっと見つめながら、また大粒の涙を溢してしまった。

もちろん、今度の涙は嬉しすぎて泣いてしまったのだ。

しばらくの間、ぎゅっと抱き合ったまま動くことはなかった。

◇

一ヶ月後。

ソルドとその父親はあっさりと捕まり、今までのことを全て白状した。記憶をなくすという飴は組織が独自に開発したもので、トムに使ったことも白状した。

ソルドの父親は、組織との関わりを妻に知られ、自ら妻を始末したそうだ。

リゼとトムと私の三人で、昼休憩のティータイムをのんびりと楽しみながら事件の話をする。

「だーりんが舐めさせられた飴って、記憶がなくなるだけじゃなくて副作用が強力なモノだったんだってよ……だーりんが無事で良かったよ……」

「うん。あのときからずっとリゼちゃんのことが好きだったからね。ほんのちょっとの記憶でも消えたくなかったから、流されなかったんだ。感謝している」

「もうっ、だーりんったら～」

相変わらずのラブラブっぷりで私だけ浮いている。微笑みながらゆっくりと紅茶に口をつけた。

「シャーちゃんも、夜のティータイムのときはクノ様とこんな感じなの？」

「ぶふぅうぅううっ！　なにいきなり!?」

飲みかけの紅茶を噴き出してしまった。慌てふためいた行動を見て、リゼが大笑いする。

「ふふーん？　なんだか、前よりもラブラブになっていると見た」

「そ……そんなことは……」

「シャイン様はわかりやすいよ」

ある。

一ヶ月前、エムルハルト様からプロポーズされてから、今まで以上にラブラブになっている。

さすがに恥ずかしいため、リゼたちの前では気をつけているのだ。

どのようなふうにラブラブしているのかは想像にお任せする。

「そのうちさ、クノ様がオッケーって言ってくれたらで良いんだけど、四人で旅行に行きたいよね」

「私には聞かないの？」

「うん。シャーちゃんは聞かなくても行きたがるでしょ」

「鋭い」

旅行には行きたい。

世界にはまだ私の知らない料理が色々と存在しているはずだ。ありとあらゆる料理を作れるようになりたい。エムルハルト様と二人っきりの旅行も捨てがたいが、リゼとトムが一緒だと賑やかで楽しいかもしれない。

今日も、エムルハルト様の仕事が忙しくなければ、四人でティータイムを楽しむはずだった。

もうすぐ今年も終わる。来年になればエムルハルト様の仕事も落ち着くそうで、そうしたら昼のティータイムも一緒に楽しみたい。一緒にいられる時間がもっと増える。

そう考えただけで、ドキドキが止まらなかった。

「シャーちゃん、顔真っ赤だよ」

「ちょっとエムルハルト様のこと考えていただけだからっ！」

「想像だけで真っ赤とは。お熱いことで」

否定はしない。

毎日一緒にいられることが、どれだけ幸せなことか口では説明できないほどなのだから。

もちろん、エムルハルト様だけではない。公爵邸には、リゼやトム、ゼガルさんもいるし、みんな私の大事な家族だ。

これからもエムルハルト様や大事な家族とともに、幸せな毎日を過ごしていけますように。

新 ＊ 感 ＊ 覚 ファンタジー！

レジーナブックス Regina

愛憎渦巻く
ラブロマンス!

死ぬまでにやりたいこと
～浮気夫とすれ違う愛～

ともどーも
イラスト：桑島黎音

アニータは、騎士団長ルイスの妻。愛し愛されて夫婦になったが、かつて真っ赤な顔でプロポーズしてくれた彼はもういない。彼は部下の騎士や令嬢と関係を持っているらしく、街でも噂になっている。我慢してきたアニータだったが、そんな時余命がわずかだとわかった。そこで、死ぬ前にこの関係に終止符を打つため、ルイスと離縁することにして……!? 残りわずかな人生、後悔なんてしたくない！

詳しくは公式サイトにてご確認ください。

https://www.regina-books.com/

新＊感＊覚ファンタジー！

Regina レジーナブックス

レジーナブックス Regina

手に入れたのは真実の愛!?

「お前は魔女にでもなるつもりか」と蔑まれ国を追放された王女だけど、精霊たちに愛されて幸せです

四馬《しば》夕

イラスト：にわ田

精霊を見ることが出来るが故に、家族に虐げられていた王女メアリ。婚約破棄の挙句、国外追放となった彼女は『魔の森』に置き去りにされる。森で生きると決意するメアリだが、突如現れた精霊たちのおかげでその生活は快適なものに！　そんなある日、森に一人の少年が迷い込んできて——？　予期せぬ出会いが引き寄せたのは、真実の愛と波乱の予感!?　虐げられ令嬢の逆転爽快ファンタジー、開幕！

詳しくは公式サイトにてご確認ください。

https://www.regina-books.com/

この作品に対する皆様のご意見・ご感想をお待ちしております。
おハガキ・お手紙は以下の宛先にお送りください。

【宛先】
〒150-6019 東京都渋谷区恵比寿 4-20-3 恵比寿ｶﾞｰﾃﾞﾝﾌﾟﾚｲｽﾀﾜｰ 19F
(株) アルファポリス　書籍感想係

メールフォームでのご意見・ご感想は右のＱＲコードから、
あるいは以下のワードで検索をかけてください。

アルファポリス　書籍の感想　検索

ご感想はこちらから

本書は、「アルファポリス」(https://www.alphapolis.co.jp/) に掲載されていたものを、
改題、改稿、加筆のうえ、書籍化したものです。

料《りょう》理《り》大《だい》好《す》き令嬢《れいじょう》は冷酷《れいこく》無《ぶ》愛想《あいそう》公爵様《こうしゃくさま》の笑顔《えがお》が見《み》たいので、
おいしいものをいっぱい提供《ていきょう》します

よどら文鳥（よどらぶんちょう）

2024年 5月5日初版発行

編集－加藤美侑・森 順子
編集長－倉持真理
発行者－梶本雄介
発行所－株式会社アルファポリス
〒150-6019 東京都渋谷区恵比寿4-20-3 恵比寿ｶﾞｰﾃﾞﾝﾌﾟﾚｲｽﾀﾜｰ19F
TEL 03-6277-1601（営業）　03-6277-1602（編集）
URL https://www.alphapolis.co.jp/
発売元－株式会社星雲社（共同出版社・流通責任出版社）
〒112-0005 東京都文京区水道1-3-30
TEL 03-3868-3275
装丁・本文イラスト－るあえる
装丁デザイン－AFTERGLOW
（レーベルフォーマットデザイン―ansyyqdesign）
印刷－中央精版印刷株式会社

価格はカバーに表示されてあります。
落丁乱丁の場合はアルファポリスまでご連絡ください。
送料は小社負担でお取り替えします。

ISBN978-4-434-33783-3 C0093